書泉出版社

書泉出版社

書泉出版社

# 日檢N5合格文法、句型一本搞定

*Newest Japanese Grammar*

東吳大學日文資深補教名師，
應考合格對策完全提供。


潘東正——著

日籍 潮田耕一 校正
佐伯真代 錄音

# 序

學習語言時，若能以生活中常用的「**句型**」為開始，其效果必定是事半功倍，而本書即是根據此原則寫成的。

日語學習者在學會50音之後，必定要學基礎句型。因此，本書便從基本句型開始，排列了幾十個常見的實用句型，供讀者學習。相信熟悉了這些句型後，對於「日檢」、「閱讀」、「生活會話」有莫大的幫助。

本書也將日常生活中常見的文法句型，在每一課中設定鮮明的主題，配合會話例句及文法說明，幫助學習者練習。只要學習者配合線上聽力音檔使用，一邊聽日籍老師的發音，一邊跟著朗讀練習，日語的基礎必定穩固。

本書之出版，承蒙五南出版社副總編輯黃惠娟、胡天如小姐等，竭盡心力，高志豪老師大力支持與日籍潮田耕一老師校對指正，佐伯真代、橋本行一老師錄音，得以順利完成，作者於此謹致由衷謝意。

潘東正謹識

## ——致本書的學習者——

本書共有56課，每一課的編排分成 3 個部分：句型與例句、文法重點說明、生字。

有關於「動詞」「形容詞」（い形容詞）「形容動詞」（な形容詞）的認識與變化如下：

## 動詞的特徵與變化

動詞是在表示主語的動作內容性質或特徵的語詞，由於詞尾變化的不同而區分為五種：

1.**五段動詞**（Ⅰ類動詞）　4.**カ行變格動詞**（Ⅲ類動詞）

2.**上一段動詞**（Ⅱ類動詞）5.**サ行變格動詞**。（Ⅲ類動詞）

3.**下一段動詞**（Ⅱ類動詞）

1.五段動詞的認識與變化：

(1)五段動詞區分的方法：

①動詞第 3 變化（又稱原形或「辞書形」，字典中以此形態出現）的詞尾為「る」以外的「う」段音者。例如：会(あ)う（見面）、聞(き)く（聽）、泳(およ)ぐ（游泳）、話(はな)す（說）、持(も)つ（帶著）

②動詞第 3 變化的詞尾是「る」，而「る」的前一個音是「あ段」、「う段」、「お段」音者。例如：掛(か)かる、売(う)る、取(と)る

(2)五段動詞的詞尾變化：

**要訣：**詞幹不變，只有詞尾在變，現以「一」為詞幹，一・五、二、三、三、四、四為詞尾，表列公式如下：

| 1 | 2 | 3 | 4 | 5 | 6 |
|---|---|---|---|---|---|
| ——一<br>・<br>——五 | ——二 | ——三 | ——三 | ——四 | ——四 |

**說明：**找出動詞第3變化的詞尾音在50音圖中屬於哪一行，自該行第一個音算起，按照一、二、三、三、四、四、五的順序填入6個變化表格中即可（五段動詞第1變化有兩個）。例如「読む（讀）」的詞尾音為「む」，屬於50音中的「ま」行，即按照ま、み、む、む、め、め、も的詞尾音順序填入公式如下：

| 1 | 2 | 3 | 4 | 5 | 6 |
|---|---|---|---|---|---|
| 読ま<br>読も | 読み | 読む | 読む | 読め | 読め |

(3)上一段動詞的認識與變化：動詞第 3 變化的詞尾是「る」，而「る」的前一個音為「い段」音者。例如：

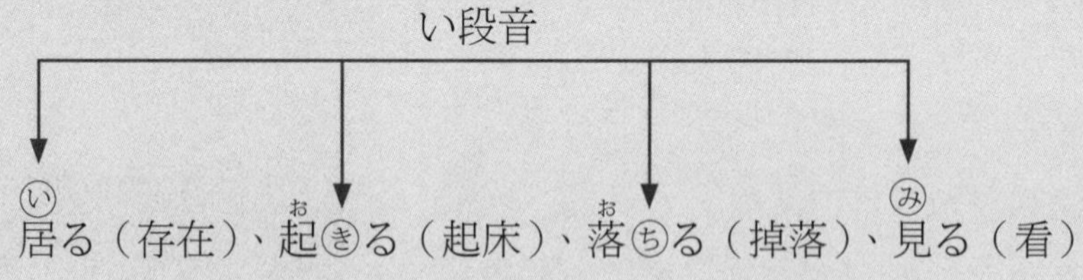


(4)下一段動詞的認識與變化：動詞第 3 變化的詞尾是「る」、而「る」的前一個音為「え段」音者。例如：

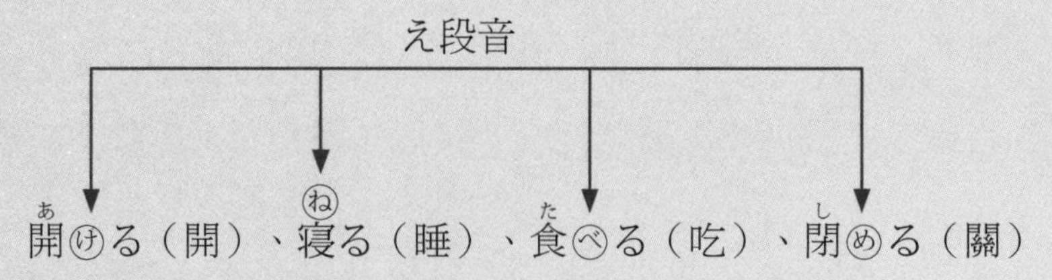


(5)上一段與下一段動詞的詞尾變化：詞尾變化方式相同。

**要訣：**詞幹不變，只有詞尾在變，現以「—」為詞幹，表列公式如下：

| 1 | 2 | 3 | 4 | 5 | 6 |
|---|---|---|---|---|---|
| —— | —— | ——る | ——る | ——れ | ——ろ<br>——よ |

**說明：**第1、2變化只有詞幹，第3、4變化相同，第4、5、6變化的詞尾為「る」「れ」「ろ」，第6變化再多填入「一よ」。現以「居る（在）」（上一段動詞）與「寝る（睡）」（下一段動詞）為例，套入公式如下：

| 1 | 2 | 3 | 4 | 5 | 6 |
|---|---|---|---|---|---|
| 居 | 居 | 居る | 居る | 居れ | 居ろ<br>居よ |
| 寝 | 寝 | 寝る | 寝る | 寝れ | 寝ろ<br>寝よ |

(6)カ行變格動詞（来る）的詞尾變化：6 種變化皆不規則，死背較快。如下表：

| 1 | 2 | 3 | 4 | 5 | 6 |
|---|---|---|---|---|---|
| 来 | 来 | 来る | 来る | 来れ | 来い |

(7)サ行變格動詞（する）的詞尾變化：6 種變化也不規則，死背較快。如下表：

| 1 | 2 | 3 | 4 | 5 | 6 |
|---|---|---|---|---|---|
| さ・し・せ | し | する | する | すれ | せよ<br>しろ |

注意

「する」常與帶有**動作意義**的名詞、副詞、外來語結合成「複合動詞」。例如：

結婚する（結婚）　はっきりする（弄清楚）

サインする（簽名）…

其詞尾變化方式與「する」相同。例如：

| 1 | 2 | 3 | 4 | 5 | 6 |
|---|---|---|---|---|---|
| さ<br>結婚し<br>せ | 結婚し | 結婚する | 結婚する | 結婚すれ | せよ<br>結婚<br>しろ |

## 形容詞的特徵與變化

形容詞是在形容主語的內容性質或狀態特徵的語詞，常見的形容詞（第3變化）多為「一、**兩個漢字**（漢字中多可猜出字意）十一、**兩個假名**（**詞尾為い**）」所組成，例如：寒い（寒冷的）、明るい（明亮的）、美味しい（美味的）…。

形容詞的詞幹不會有變化，只有詞尾在變化，變化有 5 種，現以「一」表示詞幹，表列公式如下：

| 1 | 2 | 3 | 4 | 5 |
|---|---|---|---|---|
| ——かろ | ——かっ<br>——く | ——い | ——い | ——けれ |

如以「寒い」為例，「寒」是詞幹，套入公式如下：

| 1 | 2 | 3 | 4 | 5 |
|---|---|---|---|---|
| 寒かろ | 寒かっ<br>寒く | 寒い | 寒い | 寒けれ |

## 形容動詞的特徵與變化

形容動詞（請看13課的文法重點）的詞幹以「一」表示，其詞尾的變化如下：

| 1 | 2 | 3 | 4 | 5 |
|---|---|---|---|---|
| ——だろ | ——だっ<br>——で<br>——に | ——だ | ——な | ——なら |

以詞幹「親切（しんせつ）」為例，套入公式如下：

| 1 | 2 | 3 | 4 | 5 |
|---|---|---|---|---|
| 親切だろ | 親切だっ<br>親切で<br>親切に | 親切だ | 親切な | 親切なら |

## 現代日語文法用語參考表

| 變化／詞性 | 1 | 2 | 3 | 4 | 5 | 6 |
|---|---|---|---|---|---|---|
| 動　詞 | 未然形 | 連用形 | 終止形 | 連体形 | 假定形 | 命令形 |
| 形 容 詞 | 〃 | 〃 | 〃 | 〃 | 〃 | × |
| 形容動詞 | 〃 | 〃 | 〃 | 〃 | 〃 | × |

有關日語文法的說明書多以未然形……等來解說文法問題，作者為了使讀者易讀易懂，本書多以1、2、3、4、5、6（變化）來表示，請自行參照。

## 動詞的「音便」

說明：為了便於發音而以某個音取代原來的發音，稱為「音便」。

音便條件：音便一定要同時具備以下三種條件才會發生：

**1.五段動詞**

**2.第2變化**

**3.接續助動詞「た、たら」，助詞「たり、て、ては、ても、てから」及「て＋動詞（いる、ある……）」**

音便的種類：

1. い音便：第2變化（ます形）詞尾為「き、ぎ」→ い（ぎ的後面接續要改為濁音），例如：

聞（き）き＋て → 聞いて（て形）　・聞（き）き＋た → 聞いた（た形）

泳（およ）ぎ＋て → 泳いで（て形）　・泳（およ）ぎ＋た → 泳いだ（た形）

注意

音便的唯一例外→「行く」

⊙行き＋て→行って　不可變成（×）行いて

⊙行き＋た→行った　不可變成（×）行いた

2. 促音便：第2變化（ます形）詞尾為「ち、い、り」→ 促音，例如：

待ち＋て→待って（て形）　・待ち＋た→待った（た形）

会い＋て→会って（て形）　・会い＋た→会った（た形）

あり＋て→あって（て形）　・あり＋た→あった（た形）

3. ん音便：第2變化（ます形）詞尾為「に、み、び」→ん（「ん」後面接續的音全部改為「**濁音**」），例如：

死に＋て→死んで（て形）　・死に＋た→死んだ（た形）

読み＋て→読んで（て形）　・読み＋た→読んだ（た形）

遊び＋て→遊んで（て形）　・遊び＋た→遊んだ（た形）

# 略語表

0 1 →重音記號

〔名〕→名詞

〔代名〕→代名詞

〔形〕→形容詞

〔形動〕→形容動詞

〔接〕→接續詞，即具有連接前後句功能的「詞」。

〔感〕→感動詞

〔連體〕→連體詞

〔自〕→自動詞

〔他〕→他動詞

〔五〕→五段動詞（即：I 類動詞）

〔上一〕→上一段動詞（即：II 類動詞）

〔下一〕→下一段動詞（即：II 類動詞）

〔カ〕→カ行變格動詞（即：III 類動詞）

〔する〕→サ行變格動詞（即：III 類動詞）

# 目　　錄

# 1 あなたは　日本人（にほんじん）ですか
## （你是日本人嗎？）

1—
0:30

(1) あなたは　日本人（にほんじん）ですか。

（你是日本人嗎？）

——はい、（私（わたし）は）日本人（にほんじん）です。

（是的，我是日本人。）

——いいえ、（私（わたし）は）日本人（にほんじん）では　ありません。
（じゃ）

（不，我不是日本人。）

(2) あなたは　小林（こばやし）さんですか。

（你是小林先生嗎？）

——はい、（私（わたし）は）小林（こばやし）です。

（是的，我是小林。）

——いいえ、（私（わたし）は）小林（こばやし）では　ありません。

（不，我不是小林。）

(3) マリさんも　中国人（ちゅうごくじん）ですか。

（瑪麗小姐也是中國人嗎？）

——はい、マリさんも　中国人（ちゅうごくじん）です。

（是的，瑪麗小姐也是中國人。）

1—0:30

——いいえ、マリさんは　中国人(ちゅうごくじん)では　ありません。アメリカ人(じん)です。

（不，瑪麗小姐不是中國人，是美國人。）

(4) あの　人(ひと)は　誰(だれ)ですか。

（那個人是誰呢？）

——（あの　人(ひと)は）山中(やまなか)さんです。

（那個人是山中先生。）

(5) 山中(やまなか)さんは　先生(せんせい)ですか。

（山中先生是老師嗎？）

——はい、そうです。

（是的，沒錯。）

——いいえ、先生(せんせい)では　ありません。学生(がくせい)です。

（不，不是老師，是學生。）

(6) 中村(なかむら)さんも　銀行員(ぎんこういん)ですか。

（中村先生也是銀行職員嗎？）

——いいえ、中村(なかむら)さんは　銀行員(ぎんこういん)では　ありません。会社員(かいしゃいん)です。

（不，中村先生不是銀行職員，是公司職員。）

(7) 初(はじ)めまして。私(わたし)は　石川(いしかわ)です。どうぞ　よろしく。

（幸會，我是石川，請多關照。）

——私(わたし)は　山本(やまもと)です。どうぞ　よろしく。

（我是山本。請多指教。）

## 文法重點說明

1. 本課句型為：

   （**主語は**）　**述語です。**（肯定句）

   （**主語は**）　**述語では　ありません。**（否定句）

2. 「**主語**」是指主導句子變化的「主角」，通常為人或事物。

   「**述語**」是指「敘述主語發生的事情的內容」。

3. 「**は**」（助詞）表示「強調」述語的內容。

4. 「**～です**」、「**～では　ありません**」分別表示「肯定」、「否定」述語的內容。此二者皆為「敬體」。

5. 「敬體」是指表示恭敬或客氣的語體，用於「對上輩」或「需要客氣場合」時。

6. 「**か**」（助詞）表示「疑問」。

7. 「**も**」（助詞）表示「同類事物」。

8. 「人名＋**さん**」表示「敬稱」，自稱時不可使用。

9. 「**じゃ**」為「**では**」的口語用法。

## 生字

| | |
|---|---|
| あなた | 2〔名〕你 |
| 日本人（にほんじん） | 4〔名〕日本人 |
| はい | 1〔感〕是 |
| いいえ | 3〔感〕不是 |
| 私（わたし） | 0〔名〕我 |
| 中国人（ちゅうごくじん） | 4〔名〕中國人 |
| アメリカ人（じん） | 4〔名〕美國人 |

| | |
|---|---|
| 人（ひと） | [2][0]〔名〕人 |
| 誰（だれ） | [1]〔代名〕誰 |
| どなた | [1]〔代名〕（敬語）哪位 |
| 先生（せんせい） | [3]〔名〕老師 |
| そう | [1]〔副〕是 |
| 学生（がくせい） | [0]〔名〕學生 |
| 銀行員（ぎんこういん） | [3]〔名〕銀行職員 |
| 会社員（かいしゃいん） | [3]〔名〕公司職員 |
| 初（はじ）めまして | [4]〔副〕幸會 |
| どうぞ | [1]〔副〕請 |
| よろしく | [0]〔副〕請指教 |

# 2 これは　何(なん)ですか
（這是什麼呢？）

1—1:40

(1) これは　何(なん)ですか。

（這是什麼呢？）

——それは　地図(ちず)です。

（那是地圖。）

(2) それは　辞書(じしょ)ですか。

（那是辭典嗎？）

——はい、これは　辞書(じしょ)です。

（是的，這是辭典。）

——いいえ、そうでは　ありません。本(ほん)です。

（不，不是。是書。）

(3) それも　塩(しお)ですか。

（那也是鹽巴嗎？）

——はい、そうです。塩(しお)です。

（是的，是鹽巴。）

——いいえ、これは　塩(しお)では　ありません。

（不，這不是鹽巴。）

(4) あれは　あなたの　傘(かさ)ですか。

（那是你的傘嗎？）

——はい、あれは　私(わたし)の　傘(かさ)です。

（是的，那是我的傘。）

1—1:40

——いいえ、あれは　私（わたし）のでは　ありません。

田中（たなか）さんのです。

（不，那不是我的。是田中先生的。）

(5) 加藤（かとう）さんの　自動車（じどうしゃ）は　どれですか。

（加藤先生的車是哪一輛呢？）

——それです。

（是那一輛。）

(6) この　帽子（ぼうし）は　誰（だれ）のですか。

（這頂帽子是誰的呢？）

——その　帽子（ぼうし）は　中井（なかい）さんのです。

（那頂帽子是中井先生的。）

(7) その　カメラは　鈴木（すずき）さんのですか。

（那臺相機是鈴木先生的嗎？）

——はい、そうです。鈴木（すずき）さんのです。

（是的，是鈴木先生的。）

——いいえ、この　カメラは　鈴木（すずき）さんのではありません。

（不，這臺相機不是鈴木先生的。）

(8) あの　鍵（かぎ）は　誰（だれ）のですか。

（那把鑰匙是誰的呢？）

——私（わたし）のです。

（是我的。）

## 文法重點說明

1. 本課文法同第1課的說明事項1～7，請參照。
2. 「**これ**」　[0]這個
   「**それ**」　[0]那個
   「**あれ**」　[0]那個
   是分別指離說話者「近、中、遠距離的代名詞」事物。
   「**どれ**」　[1]哪個　表示「疑問代名詞」。
3. 「**この**」　[0]這個～
   「**その**」　[0]那個～
   「**あの**」　[0]那個～
   是分別表示離說話者近、中、遠距離的事物。
   「**どの**」　[1]哪個～　表示疑問。
   以上四者後面**均需接**「**名詞**」，不可單獨存在。
4. 「**の**」（助詞）表示「所屬、擁有」。

## 生字

| | |
|---|---|
| 何（なん） | [1]〔代〕什麼 |
| 地図（ちず） | [1]〔名〕地圖 |
| 辞書（じしょ） | [1]〔名〕辭典 |
| 本（ほん） | [1]〔名〕書 |
| 塩（しお） | [2]〔名〕鹽巴 |
| 傘（かさ） | [1]〔名〕傘 |
| 自動車（じどうしゃ） | [2]〔名〕汽車 |
| 帽子（ぼうし） | [0]〔名〕帽子 |
| カメラ | [1]〔名〕〈camera〉相機 |
| 鍵（かぎ） | [2]〔名〕鑰匙 |

# 3 お手洗(てあら)いは　どこですか
## （廁所在哪裡呢？）

1—
2:40

(1) お手洗(てあら)いは　どこですか。

（廁所在哪裡呢？）

——お手洗(てあら)いは　そこです。

（廁所在那裡。）

(2) 電話(でんわ)は　どこですか。

（電話在哪裡呢？）

——電話(でんわ)は　ここです。

（電話在這裡。）

(3) 郵便局(ゆうびんきょく)は　どこですか。

（郵局在哪裡呢？）

——あそこです。

（在那裡。）

(4) あなたの　家(うち)は　どこですか。

（你家在哪裡呢？）

——名古屋(なごや)です。

（在名古屋。）

(5) ここは　どこですか。

（這裡是哪裡呢？）

——ここは　病院（びょういん）です。

（這裡是醫院。）

1—
2:40

(6) そこも　事務所（じむしょ）ですか。

（那裡也是辦公室嗎？）

——はい、そうです。

（是的。）

——いいえ、ここは　事務所（じむしょ）では　ありません。

（不，這裡不是辦公室。）

(7) 食堂（しょくどう）は　どちらですか。

（餐廳在哪邊呢？）

——あちらです。

（在那邊。）

(8) 庭（にわ）は　こちらですか。

（庭院在這邊嗎？）

——いいえ、そちらです。

（不，是在那邊。）

(9) 会社（かいしゃ）は　どちらですか。

（你的公司是哪一個公司？）

——横浜電気（よこはまでんき）です。

（是橫濱電器。）

(10) あなたの　国（くに）は　どちらですか。

（你的國家是哪裡呢？）

——韓国(かんこく)です。

（是韓國。）

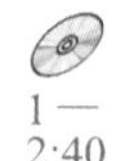
1—
2:40

文法重點說明

1. 本課文法同第 1 課的說明事項 1～7，請參照。

2. 「**ここ**」　⓪這裡

「**そこ**」　⓪那裡

「**あそこ**」　⓪那裡

分別表示離說話者「近、中、遠距離的場所」。

「**どこ**」　①哪裡　表示疑問。

3. 「**こちら**」　⓪這邊。這裡。這位

「**そちら**」　⓪那邊。那裡。那位

「**あちら**」　⓪那邊。那裡。那位

「**どちら**」　①哪邊。哪裡。哪位

以上四者分別為「ここ」、「そこ」、「あそこ」、「どこ」的鄭重說法。

4.

| 指示代名詞 | 場所 | 方向・場所 |
| --- | --- | --- |
| **これ**（這個） | **ここ**　（這裡） | **こちら**<br>（這邊。這裡。這位） |
| **それ**（那個） | **そこ**　（那裡） | **そちら**<br>（那邊。那裡。那位） |
| **あれ**（那個） | **あそこ**（那裡） | **あちら**<br>（那邊。那裡。那位） |
| **どれ**（哪個） | **どこ**　（哪裡） | **どちら**<br>（哪邊。哪裡。哪位） |

| 連體詞（表示後接名詞之意） | |
|---|---|
| **この**（這）<br>**その**（那）<br>**あの**（那）<br>**どの**（哪） | ＋ 名詞 |

## 生字

お手洗い（てあらい） 3〔名〕廁所

電話（でんわ） 0〔名〕電話

郵便局（ゆうびんきょく） 3〔名〕郵局

家（うち） 0〔名〕家

病院（びょういん） 0〔名〕醫院

事務所（じむしょ） 2〔名〕辦公室

食堂（しょくどう） 0〔名〕餐廳

庭（にわ） 0〔名〕庭院

会社（かいしゃ） 0〔名〕公司

国（くに） 0〔名〕國家

韓国（かんこく） 1〔名〕韓國

# 4 今日(きょう)は　何曜日(なんようび)ですか
（今天是星期幾呢？）

1—3:30

(1) 今日(きょう)は　何曜日(なんようび)ですか。

（今天是星期幾呢？）

——今日(きょう)は　水曜日(すいようび)です。

（今天是星期三。）

※日曜日(にちようび)3　月曜日(げつようび)3　火曜日(かようび)2

水曜日(すいようび)3　木曜日(もくようび)3　金曜日(きんようび)3

土曜日(どようび)2　何曜日(なんようび)3

（星期日～星期六。星期幾）

(2) 誕生日(たんじょうび)は　いつですか。

（生日是哪一天呢？）

——一月二十日(いちがつはつか)です。

（一月二十日。）

※一月(いちがつ)4　二月(にがつ)3　三月(さんがつ)1　四月(しがつ)3

五月(ごがつ)1　六月(ろくがつ)4　七月(しちがつ)4　八月(はちがつ)4

九月(くがつ)1　十月(じゅうがつ)4　十一月(じゅういちがつ)6

十二月(じゅうにがつ)5　何月(なんがつ)1

（一月～十二月。幾月）

1—3:30

※一日（ついたち）[4]　二日（ふつか）[0]　三日（みっか）[0]

四日（よっか）[0]　五日（いつか）[0]　六日（むいか）[0]

七日（なのか）[0]　八日（ようか）[0]　九日（ここのか）[0]

十日（とおか）[0]　十一日（じゅういちにち）[6]　十二日（じゅうににち）[5]

十三日（じゅうさんにち）[1]　十四日（じゅうよっか）[1]　十五日（じゅうごにち）[1]

十六日（じゅうろくにち）[6]　十七日（じゅうしちにち）[6]　十八日（じゅうはちにち）[6]

十九日（じゅうくにち）[1]　二十日（はつか）[0]　二十一日（にじゅういちにち）[1]

二十二日（にじゅうににち）[1]　二十三日（にじゅうさんにち）[1]　二十四日（にじゅうよっか）[1]

二十五日（にじゅうごにち）[1]　二十六日（にじゅうろくにち）[1]　二十七日（にじゅうしちにち）[1]

二十八日（にじゅうはちにち）[1]　二十九日（にじゅうくにち）[1]　三十日（さんじゅうにち）[3]

三十一日（さんじゅういちにち）[1]　何日（なんにち）[1]

（一日～三十一日。幾日）

(3) 今（いま）　何時（なんじ）ですか。

（現在幾點呢？）

——二時（にじ）十分（じゅっぷん）です。

（兩點十分。）

※一時（いちじ）[2]　二時（にじ）[1]　三時（さんじ）[1]　四時（よじ）[1]

五時（ごじ）[1]　六時（ろくじ）[2]　七時（しちじ）[2]　八時（はちじ）[2]

九時（くじ）[1]　十時（じゅうじ）[1]　十一時（じゅういちじ）[4]

1—3:30

十二時（じゅうにじ）3　何時（なんじ）1

（一點～十二點。幾點）

※一分（いっぷん）1　二分（にふん）1　三分（さんぷん）1　四分（よんぷん）1

五分（ごふん）1　六分（ろっぷん）1　七分（ななふん）2　八分（はっぷん）1

九分（きゅうふん）1

（一分鐘～九分鐘）

十分（じゅっぷん）1　二十分（にじゅっぷん）2　三十分（さんじゅっぷん）3

四十分（よんじゅっぷん）3　五十分（ごじゅっぷん）2　六十分（ろくじゅっぷん）3

何分（なんぷん）1

（十分鐘～六十分鐘。幾分）

文法重點說明

本課文法同第1課的說明事項1～7，請參照。

## 生字

今日（きょう）　1〔名〕今天

誕生日（たんじょうび）　3〔名〕生日

いつ　1〔代〕什麼時候

今（いま）　1〔名〕現在

# 5 朝(あさ)　何時(なんじ)に　起(お)きますか

## （早上幾點起床呢？）

1—
6:00

(1) 朝(あさ)　何時(なんじ)に　起(お)きますか。

（早上幾點起床呢？）

——七時(しちじ)に　起(お)きます。

（七點起床。）

(2) あなたは　毎晩(まいばん)　何時(なんじ)に　寝(ね)ますか。

（你每天晚上幾點睡覺呢？）

——私(わたし)は　十時(じゅうじ)に　寝(ね)ます。

（我十點睡覺。）

(3) 毎日(まいにち)　何時(なんじ)から　何時まで　働(はたら)きますか。

（每天從幾點工作到幾點呢？）

——毎日(まいにち)　9時(くじ)から　5時半(ごじはん)まで　働(はたら)きます。

（從9點工作到5點半。）

(4) 松本(まつもと)さんは　明日(あした)　休(やす)みますか。

（松本先生明天有休假嗎？）

——はい、休(やす)みます。

（是的，有休假。）

——いいえ、休(やす)みません。

（不，沒有休假。）

1—6:00

(5) 学校（がっこう）は　何時（なんじ）に　始（はじ）まりますか。

（學校幾點開始上課呢？）

——八時（はちじ）に　始（はじ）まります。

（8點開始。）

(6) 会社（かいしゃ）は　何時（なんじ）に　終（お）わりますか。

（公司幾點下班呢？）

——午後（ごご）　五時（ごじ）に　終（お）わります。

（下午五點下班。）

(7) あなたは　昨日（きのう）の　晩（ばん）　散歩（さんぽ）しましたか。

（你昨天晚上有去散步嗎？）

——はい、散歩（さんぽ）しました。

（是的，有去散步。）

——いいえ、散歩（さんぽ）しませんでした。

（不，沒有去散步。）

(8) 木村（きむら）さんは　先週（せんしゅう）　出勤（しゅっきん）しましたか。

（木村先生上禮拜有上班嗎？）

——はい、出勤（しゅっきん）しました。

（是的，有上班。）

——いいえ、出勤（しゅっきん）しませんでした。

（不，沒有上班。）

### 文法重點說明

1. 本課句型為：

松本さんは　　休みますか。
（**主語**）　　**述語**（**自動詞**）。

2. 「**は**」（助詞）表示「強調」述語內容。
3. 「**自動詞**」是指「不必有動作對象」便可完整表達語意的動詞。本課的動詞皆屬「自動詞」。
4. 主、述語之間常添加**時間**等語詞使句子語意更清楚。
5. 動詞第 2 變化 +（又稱「ます形」）
   - **ます**（未來式。無時式。肯定）
   - **ません**（未來式。無時式。否定）
   - **ました**（過去式或動作完成。肯定）
   - **ませんでした**（過去式或動作未完成。否定）

※以上皆為「**敬體**」形態。

6. 時式是根據說話的「以前」、「當時」、「以後」分為「**過去式**」、「**現在式**」、「**未來式**」。如圖所示：

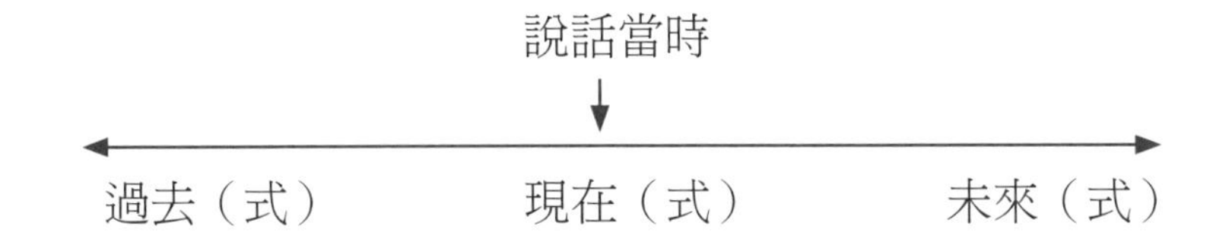


7. 「無時式」是指「無時間限制」的習慣、常理、定理。
8. 「**に**」（助詞）表示「時間」。但是有些表示時間的字彙不可接「**に**」，請參考拙著《日檢 N1～N5 合格，助詞，一本搞定》表示時間的「**に**」。

9.「**から**」（助詞）表示動作的起點。如圖所示：

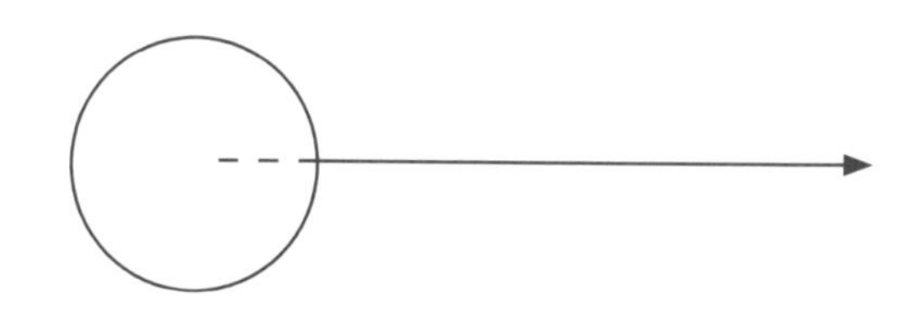

10.「**まで**」（助詞）表示「動作的界限」。如圖所示：

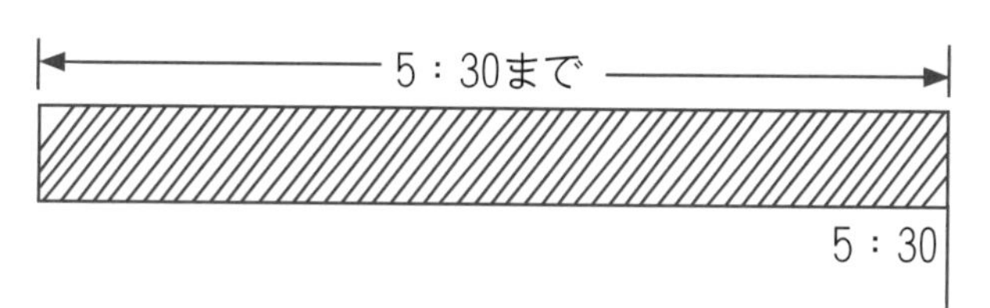


## 生字

朝（あさ） 1〔名〕早上

何時（なんじ） 1〔名〕幾點

毎晩（まいばん） 1〔名〕每晚

毎日（まいにち） 1〔名〕每天

明日（あした） 3〔名〕明天

学校（がっこう） 0〔名〕學校

午後（ごご） 1〔名〕下午

昨日（きのう） 2〔名〕昨天

晩（ばん） 0〔名〕晚上

先週（せんしゅう） 0〔名〕上週

起（お）きます 3 → 起（お）きる 2〔自上一〕起床

寝(ね)ます2→ 寝(ね)る 0〔自下一〕睡覺

働(はたら)きます5→ 働(はたら)く 0〔自五〕工作

休(やす)みます4→ 休(やす)む 2〔自五〕請假。休息

始(はじ)まります5→ 始(はじ)まる 0〔自五〕開始

終(お)わります4→ 終(お)わる 0〔自五〕結束

散歩(さんぽ)します5→ 散歩(さんぽ)する 0〔自する〕散步

出勤(しゅっきん)します6→ 出勤(しゅっきん)する 0〔自する〕上班

# 6 何（なん）で　会社（かいしゃ）へ　行（い）きますか
## （要怎麼去公司呢？）

2 —
0:00

(1) 何（なん）で　会社（かいしゃ）へ　行（い）きますか。

（要怎麼去公司呢？）

——電車（でんしゃ）で　行（い）きます。

（要搭電車去。）

(2) あなたは　何（なん）で　家（うち）へ　帰（かえ）りますか。

（你要怎麼回家呢？）

——私（わたし）は　自転車（じてんしゃ）で　帰（かえ）ります。

（我要騎腳踏車回家。）

(3) 何（なん）で　日本（にほん）へ　来（き）ますか。

（要怎麼來日本呢？）

——飛行機（ひこうき）で　来（き）ます。

（搭飛機來。）

(4) 来年（らいねん）　何（なん）で　国（くに）へ　帰（かえ）りますか。

（明年要怎麼回國呢？）

——船（ふね）で　帰（かえ）ります。

（搭船回國。）

(5) 何（なん）で　学校（がっこう）へ　来（き）ますか。

（要怎麼來學校呢？）

——バスです。

（搭公車。）

(6) 昨日（きのう）　バイクで　工場（こうじょう）へ　行（い）きましたか。

（昨天騎摩托車去工廠了嗎？）

——いいえ、タクシーで　行（い）きました。

（不，搭計程車去的。）

(7) 先週（せんしゅう）　何（なん）で　京都（きょうと）へ　行（い）きましたか。

（上週是怎麼去京都的呢？）

——新幹線（しんかんせん）で　京都（きょうと）へ　行（い）きました。

（搭新幹線去京都的。）

(8) 車（くるま）で　銀行（ぎんこう）へ　来（き）ましたか。

（搭車來銀行的嗎？）

——いいえ、地下鉄（ちかてつ）で　来（き）ました。

（不，是搭地下鐵來的。）

## 文法重點說明

1. 本課文法同「第 5 課」的說明事項 1～8，請參照。
2. 「**で**」（助詞）表示「憑藉的方法、工具、手段」。
3. 「**へ**」（助詞）表示「動作方向、目標、到達點」。如圖所示：

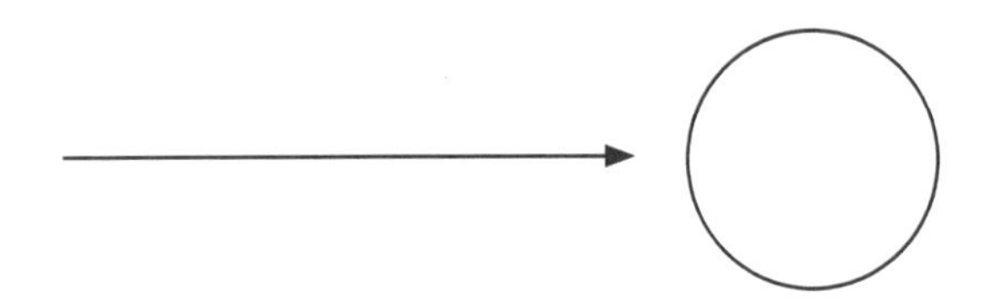

4. 本課句型模式為：

〔主語は〕交通工具**で**　目的地**へ**　行きます。

述語（移動性動詞）

## 生字

| | |
|---|---|
| 電車（でんしゃ） | 0 1〔名〕電車 |
| 自転車（じてんしゃ） | 2〔名〕腳踏車 |
| 日本（にほん） | 2〔名〕日本 |
| 飛行機（ひこうき） | 2〔名〕飛機 |
| 来年（らいねん） | 0〔名〕明年 |
| 船（ふね） | 1〔名〕船 |
| バス | 1〔名〕〈bus〉公車 |
| バイク | 1〔名〕〈bike〉摩托車 |
| 工場（こうじょう） | 3〔名〕工廠 |
| タクシー | 1〔名〕〈taxi〉計程車 |
| 新幹線（しんかんせん） | 3〔名〕新幹線 |
| 車（くるま） | 0〔名〕車子 |
| 銀行（ぎんこう） | 0〔名〕銀行 |
| 地下鉄（ちかてつ） | 0〔名〕地下鐵 |

行（い）きます 3 →　行（い）く 0〔自五〕去

帰（かえ）ります 4 →　帰（かえ）る 1〔自五〕回去。回家。回國

来（き）ます 2 →　来（く）る 1〔自力〕來

# 7 毎朝（まいあさ）　何（なに）を　食（た）べますか
（每天早上吃什麼呢？）

2—
1:00

(1) 毎朝（まいあさ）　何（なに）を　食（た）べますか。

（每天早上吃什麼呢？）

——パンを　食（た）べます。

（吃麵包。）

(2) あなたは　今晩（こんばん）　何（なに）を　飲（の）みますか。

（你今天晚上要喝什麼呢？）

——私（わたし）は　お酒（さけ）を　飲（の）みます。

（我要喝酒。）

(3) 明日（あした）　何（なに）を　しますか。

（明天要做什麼呢？）

——映画（えいが）を　見（み）ます。

（要看電影。）

(4) 田中（たなか）さんは　何（なに）を　買（か）いますか。

（田中先生要買什麼呢？）

——野菜（やさい）を　買（か）います。

（要買蔬菜。）

——何（なに）も　買（か）いません。

（什麼也不買。）

2—1:00

(5) 何(なに)を　勉強(べんきょう)しますか。

（要學習什麼呢？）

——英語(えいご)を　勉強(べんきょう)します。

（學習英語。）

(6) 新聞(しんぶん)を　読(よ)みますか。

（要看報紙嗎？）

——はい、新聞(しんぶん)を　読(よ)みます。

（是的，要看報紙。）

(7) いつも　音楽(おんがく)を　聞(き)きますか。

（常常聽音樂嗎？）

——いいえ、時々(ときどき)　聞(き)きます。

（不，有時候會聽。）

(8) あなたは　たばこを　吸(す)いますか。

（你抽菸嗎？）

——いいえ、吸(す)いません。

（不，不抽菸。）

(9) もう　手紙(てがみ)を　書(か)きましたか。

（已經寫信了嗎？）

——はい、もう　書(か)きました。

（是的，已經寫了。）

——いいえ、まだです。これから　書(か)きます。

（不，還沒寫。現在開始要寫。）

(10) 昨日(きのう)　何(なに)を　しましたか。

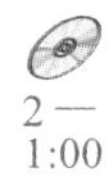

2—
1:00

（昨天做了什麼呢？）

——野球(やきゅう)を　しました。それから　テレビを見(み)ました。

（打棒球，然後看電視。）

——何(なに)も　しませんでした。

（什麼也沒做。）

文法重點說明

1. 本課句型為：

（**主語は**）　**目的物を　他動詞**

（**述語**）

2. 本課文法同第 5 課的說明事項 2、4、5、6、7、8，請參照。

3. 「**を**」（助詞）接於「**目的物**」之後，相當於中文的「**把**」或「**將**」。

4. 「**他動詞**」是指「必須有動作對象」才能完整表達語意的動詞。本課的動詞皆屬「**他動詞**」。

5. **もう**　1已經　　**まだ**　1還

**いつも**　1常常　　**時々(ときどき)**　0有時

皆為「副詞」，表示「修飾述語（或其後句子）的內容」。

6. 例句10的「**も**」（助詞）前接「疑問詞」時表示「全面否定」。

## 生字

毎朝（まいあさ）　1〔名〕每天早上

何（なに）　1〔代名〕什麼

パン　1〔名〕〈葡語pão〉麵包

今晩（こんばん）　1〔名〕今晚

お酒（さけ）　0〔名〕酒

映画（えいが）　1 0〔名〕電影

野菜（やさい）　0〔名〕蔬菜

英語（えいご）　0〔名〕英語

新聞（しんぶん）　0〔名〕報紙

音楽（おんがく）　1〔名〕音樂

たばこ　0〔名〕香菸

手紙（てがみ）　0〔名〕信

これから　0從現在開始

野球（やきゅう）　0〔名〕棒球

それから　0〔接〕然後

食（た）べます3→　食（た）べる　2〔他下一〕吃

飲（の）みます3→　飲（の）む　1〔他五〕喝

見（み）ます2→　見（み）る　1〔他上一〕看

買（か）います3→　買（か）う　0〔他五〕買

勉強(べんきょう)します6→ 勉強(べんきょう)する 0〔他する〕學習。用功

読(よ)みます3→ 読(よ)む 1〔他五〕讀。看

聞(き)きます3→ 聞(き)く 0〔他五〕聽

吸(す)います3→ 吸(す)う 0〔他五〕吸

書(か)きます3→ 書(か)く 1〔他五〕寫

します2→ する 0〔他する〕做

# 8 どこで　ご飯(はん)を　食(た)べますか

（要在哪裡吃飯呢？）

2—
2:00

(1) どこで　ご飯(はん)を　食(た)べますか。

（要在哪裡吃飯呢？）

——家(うち)で　食(た)べます。

（在家裡吃。）

(2) あなたは　どこで　お酒(さけ)を　飲(の)みますか。

（你要在哪裡喝酒呢？）

——私(わたし)は　パブで　飲(の)みます。

（我要在小酒吧喝酒。）

(3) どこで　映画(えいが)を　見(み)ますか。

（要在哪裡看電影呢？）

——映画館(えいがかん)で　見(み)ます。

（在電影院看。）

(4) 木村(きむら)さんは　どこで　靴(くつ)を　買(か)いますか。

（木村先生要在哪裡買鞋子呢？）

——デパートで　買(か)います。

（在百貨公司買。）

(5) どこで　本(ほん)を　読(よ)みますか。

（要在哪裡看書呢？）

2 —
2:00

——教室(きょうしつ)で　読(よ)みます。

（在教室裡看書。）

(6) あの　人(ひと)は　どこで　寝(ね)ますか。

（那個人要在哪裡睡覺呢？）

——部屋(へや)で　寝(ね)ます。

（要在房間睡覺。）

(7) どこで　写真(しゃしん)を　撮(と)りますか。

（要在哪裡拍照呢？）

——公園(こうえん)です。

（在公園。）

(8) 昨日(きのう)　どこで　音楽(おんがく)を　聞(き)きましたか。

（昨天在哪裡聽音樂了呢？）

——庭(にわ)で　聞(き)きました。

（在院子裡聽。）

### 文法重點說明

1. 本課句型同「第 5 課」與「第 7 課」，主述語之間添加「**時間、場所**」，使語意更明確。如：

〔主語は〕昨日　　庭で　音楽を　聞きました。

（**時間**）（**場所**）　（述語）

2. 「**で**」（助詞）表示場所，後接「動態性動詞」。本課動詞皆屬「動態性動詞」。如圖所示：

## 生字

| | |
|---|---|
| ご飯（はん） | 1〔名〕飯 |
| パブ | 1〔名〕〈pub〉小酒吧 |
| 映画館（えいがかん） | 3〔名〕電影院 |
| 靴（くつ） | 2〔名〕鞋子 |
| デパート | 2〔名〕〈department store〉百貨公司 |
| 教室（きょうしつ） | 0〔名〕教室 |
| 部屋（へや） | 2〔名〕房間 |
| 写真（しゃしん） | 0〔名〕照片 |
| 公園（こうえん） | 0〔名〕公園 |
| 撮（と）ります3→ | 撮（と）る 1〔他五〕照相 |

# 9 一緒(いっしょ)に　お茶(ちゃ)を　飲(の)みませんか

2—
2:50

（要不要一起喝茶呢？）

(1) 一緒(いっしょ)に　お茶(ちゃ)を　飲(の)みませんか。

（要不要一起喝茶呢？）

——ええ、飲(の)みましょう。

（好，一起喝吧！）

(2) 一緒(いっしょ)に　晩(ばん)ご飯(はん)を　食(た)べませんか。

（要不要一起吃晚飯呢？）

——ええ、食(た)べましょう。

（好，一起吃吧！）

(3) 一緒(いっしょ)に　大阪(おおさか)へ　行(い)きませんか。

（要不要一起去大阪呢？）

——ええ、行(い)きましょう。

（好，一起去吧！）

(4) 一緒(いっしょ)に　テニスを　しませんか。

（要不要一起打網球呢？）

——ええ、しましょう。

（好，一起打吧！）

(5) 一緒(いっしょ)に　映画(えいが)を　見(み)ませんか。

（要不要一起看電影呢？）

2—2:50

——ええ、いいですね。

（好啊！）

(6) 日本語(にほんご)の　会話(かいわ)を　練習(れんしゅう)しませんか。

（要不要一起練習日語會話呢？）

——ええ、いいですよ。

（嗯，好呀！）

(7) 誰(だれ)と　タクシーに　乗(の)りますか。

（要和誰搭計程車呢？）

——父(ちち)と　乗(の)ります。

（和家父一起搭。）

(8) 誰(だれ)と　日本(にほん)へ　来(き)ましたか。

（和誰來日本的呢？）

——一人(ひとり)で　来(き)ました。

（一個人來的。）

### 文法重點說明

1.「**～ませんか**」表示「委婉地勸誘」。
2.「**～ましょう**」表示「較積極地勸誘」。
3.「**一緒(いっしょ)に**」是「副詞」，表示「修飾述語」。
4.「**ええ**」比「**はい**」口語化。
5.「**ね**」（助詞）表示「感動的語氣」。
6.「**よ**」（助詞）表示「強調自己的主張並提醒對方注意」。
7.「日本語(にほんご)**の**」的「**の**」（助詞）表示「性質」。

8.「と」（助詞）表示「動作的共事者」。如圖所示：

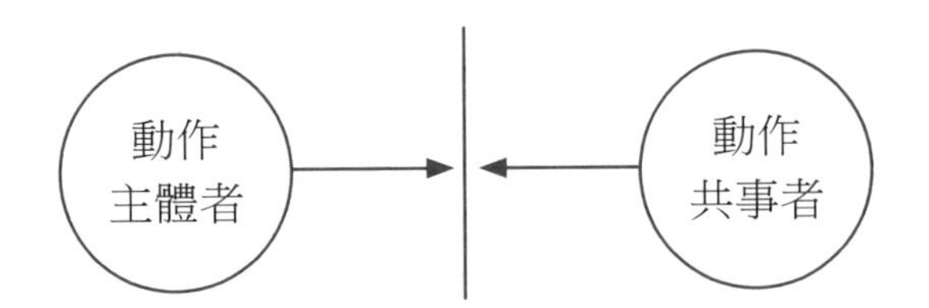


9. 例句 7 的「に」（助詞）表示「動作的到達點」。如圖所示：

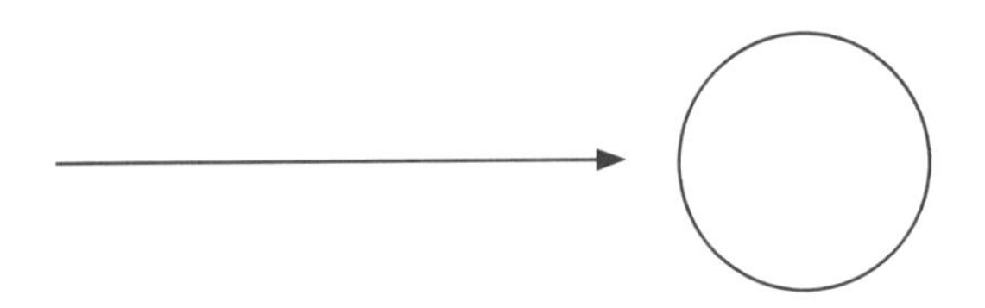

10. 例句 8 的「で」（助詞）表示「動作的主體」。

## 生字

| | |
|---|---|
| お茶（ちゃ） | 0〔名〕茶 |
| 晩（ばん）ご飯（はん） | 3〔名〕晚飯 |
| テニス | 1〔名〕〈tennis〉網球 |
| 父（ちち） | 2〔名〕家父 |
| 乗（の）ります 3 → | 乗（の）る 0〔自五〕搭乘 |
| 練習（れんしゅう）します 6 → | 練習（れんしゅう）する 0〔他する〕練習 |

# 10 あなたは　何(なん)で　ご飯(はん)を　食(た)べますか
（你要用什麼吃飯呢？）

2—3:30

(1) あなたは　何(なん)で　ご飯(はん)を　食(た)べますか。
（你要用什麼吃飯呢？）

——はしで　食(た)べます。
（用筷子吃。）

(2) 何(なん)で　スープを　飲(の)みますか。
（要用什麼喝湯呢？）

——スプーンで　飲(の)みます。
（用湯匙喝。）

(3) 何(なん)で　ステーキを　食(た)べますか。
（用什麼吃牛排呢？）

——ナイフと　フォークで　食(た)べます。
（用刀子和叉子吃。）

(4) 何(なん)で　肉(にく)を　切(き)りますか。
（用什麼切肉呢？）

——ナイフで　切(き)ります。
（用刀子切。）

(5) 田中(たなか)さんは　何(なん)で　絵(え)を　書(か)きますか。
（田中先生要用什麼畫畫呢？）

——鉛筆(えんぴつ)で　書(か)きます。

（用鉛筆畫。）

2—3:30

(6) 何(なん)で　紙(かみ)を　切(き)りますか。

（要用什麼剪紙呢？）

——はさみで　紙(かみ)を　切(き)ります。

（用剪刀剪紙。）

(7) 何(なん)で　ラジオを　修理(しゅうり)しますか。

（要用什麼修理收音機呢？）

——ドライバーです。

（用螺絲起子。）

(8) 英語(えいご)で　レポートを　書(か)きましたか。

（用英文寫報告了嗎？）

——いいえ、中国語(ちゅうごくご)で　書(か)きました。

（不，是用中文寫的。）

### 文法重點說明

1. 本課文法同「第 7 課」說明事項 1～4，請參照。
2. 「**で**」（助詞）表示「憑藉的方法、工具、手段」。
3. 「**と**」（助詞）表示「事物的列舉」。

### 生字

| | |
|---|---|
| はし | 1〔名〕筷子 |
| スープ | 1〔名〕〈soup〉湯 |

スプーン　[2]〔名〕〈spoon〉湯匙

ステーキ　[2]〔名〕〈steak〉牛排

ナイフ　[1]〔名〕〈knife〉刀子

フォーク　[1]〔名〕〈fork〉叉子

肉（にく）　[2]〔名〕肉

絵（え）　[1]〔名〕圖畫

鉛筆（えんぴつ）　[0]〔名〕鉛筆

紙（かみ）　[2]〔名〕紙

はさみ　[3]〔名〕剪刀

ラジオ　[1]〔名〕〈radio〉收音機

ドライバー　[2]〔名〕〈driver〉螺絲起子

レポート　[2]〔名〕〈report〉報告

中国語（ちゅうごくご）　[0]〔名〕中文

切（き）ります[3]→　切（き）る　[1]〔他五〕切、割。剪

修理（しゅうり）します[1]→　修理（しゅうり）する　[1]〔他する〕修理

# 11 誰（だれ）に　電話（でんわ）を　掛（か）けますか

（要打電話給誰呢？）

3—
0:00

(1) 誰（だれ）に　電話（でんわ）を　掛（か）けますか。

（要打電話給誰呢？）

——主人（しゅじん）に　掛（か）けます。

（要打給我丈夫。）

(2) あなたは　誰（だれ）に　手紙（てがみ）を　書（か）きますか。

（你要寫信給誰呢？）

——私（わたし）は　友達（ともだち）に　書（か）きます。

（我要寫給朋友。）

(3) 誰（だれ）に　傘（かさ）を　貸（か）しますか。

（要借傘給誰呢？）

——田中（たなか）さんに　貸（か）します。

（要借給田中先生。）

(4) 誰（だれ）に　お金（かね）を　借（か）りましたか。

（向誰借錢了呢？）

——会社（かいしゃ）の　人（ひと）に　借（か）りました。

（向公司的人借的。）

(5) 誰（だれ）に　日本語（にほんご）を　習（なら）いますか。

（跟誰學日語呢？）

3—
0:00

——高橋先生(たかはしせんせい)に　習(なら)います。

（跟高橋老師學。）

(6) 先生(せんせい)は　誰(だれ)に　英語(えいご)を　教(おし)えますか。

（老師要教誰英語呢？）

——子供(こども)に　教(おし)えます。

（要教小孩子。）

(7) 誰(だれ)に　時計(とけい)を　あげますか。

（要把錶送給誰呢？）

——恋人(こいびと)に　あげます。

（送給情人。）

(8) 誰(だれ)に　本(ほん)を　もらいますか。

（要向誰拿書呢？）

——父(ちち)に　もらいます。

（要跟父親拿。）

## 文法重點說明

1. 本課文法同「第 7 課」的說明事項 1～4，請參照。

2. 「**に**」（助詞）表示「動作的對象」。如圖所示：

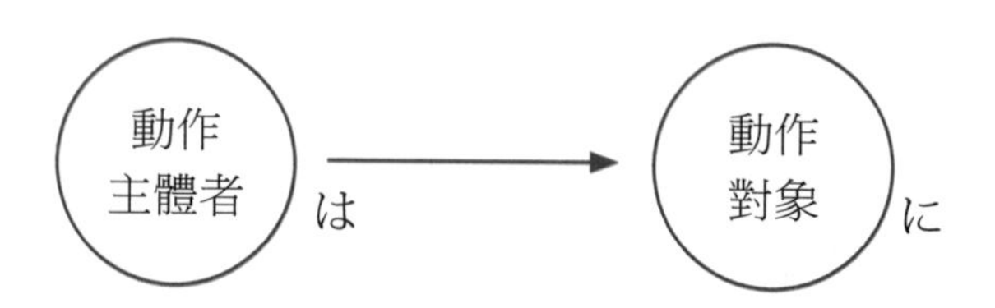

## 生字

主人（しゅじん） 1〔名〕自己的丈夫

ご主人（しゅじん） 2〔名〕別人的丈夫

友達（ともだち） 0〔名〕朋友

お金（かね） 0〔名〕錢

日本語（にほんご） 0〔名〕日語

子供（こども） 0〔名〕小孩子

恋人（こいびと） 0〔名〕情人

掛（か）けます 3 → 掛（か）ける 2〔他下一〕打電話

貸（か）します 3 → 貸（か）す 0〔他五〕借出

借（か）ります 3 → 借（か）りる 0〔他上一〕借入

習（なら）います 4 → 習（なら）う 2〔他五〕學習

教（おし）えます 4 → 教（おし）える 0〔他下一〕教

あげます 3 → あげる 0〔他下一〕給

もらいます 4 → もらう 0〔他五〕領受

# 12 今日(きょう)は　寒(さむ)いですか
## （今天天氣冷嗎？）

3 —
2:00

(1) 今日(きょう)は　寒(さむ)いですか。

（今天天氣冷嗎？）

——はい、寒(さむ)いです。

（是的，天氣冷。）

——いいえ、寒(さむ)くないです。暑(あつ)いです。

（不，不冷。今天天氣熱。）

(2) その　料理(りょうり)は　おいしいですか。

（那道菜好吃嗎？）

——はい、おいしいです。

（是的，好吃。）

——いいえ、おいしくないです。まずいです。

（不，不好吃。難吃。）

(3) その　机(つくえ)は　大(おお)きいですか。

（那張桌子大嗎？）

——いいえ、大(おお)きくないです。小(ちい)さいです。

（不，不大。是小的。）

(4) パーティーは　楽(たの)しいですか。

（舞會好玩嗎？）

3 — 2:00

——はい、楽(たの)しいです。

（是的，好玩。）

——いいえ、楽(たの)しくないです。

（不，不好玩。）

(5) この　辞書(じしょ)は　良(い)いですか。

（這本辭典好嗎？）

——はい、そうです。

（是的，是本好辭典。）

(6) 試験(しけん)は　難(むずか)しいですか。

（考試難嗎？）

——いいえ、難(むずか)しくないです。易(やさ)しいです。

（不，不難。簡單。）

(7) その　かばんは　古(ふる)いですか。

（那個皮包舊嗎？）

——いいえ、古(ふる)くないです。新(あたら)しいです。

（不，不舊。是新的。）

(8) その　牛乳(ぎゅうにゅう)は　冷(つめ)たいですか。

（那牛奶是冰冷的嗎？）

——いいえ、冷(つめ)たくないです。熱(あつ)いです。

（不，不冰冷。是熱的。）

(9) その　車(くるま)は　安(やす)いですか。

（那輛車子便宜嗎？）

——はい、たいへん　安(やす)いです。

（是的，非常便宜。）

——いいえ、あまり　安(やす)くないです。高(たか)いです。

（不，不大便宜。算是貴的。）

⑽ 講義(こうぎ)は　どうですか。

（上課覺得怎麼樣呢？）

——おもしろいです。

（滿有趣的。）

——おもしろくないです。つまらないです。

（沒趣。無聊的課。）



## 文法重點說明

1. 本課句型：

**主語は　述語（形容詞）**

2. 「**形容詞**」是在形容主語的「內容性質或狀態特徵的語詞」，常見的形容詞（原形，又稱「辭書形」）多為「一、**兩個漢字**（漢字中多可猜出字意）十　**一、兩個假名**（**詞尾為「い」**）」所組成，例如：

**寒(さむ)い**（寒冷的）、**明(あか)るい**（明亮的）、**美味(おい)しい**（美味的）…。

3. 形容詞的「否定」表示方式舉例如下：

寒(さむ)い（です）→寒(さむ)**くない**（です）

※良(い)い（です）→良(よ)**くない**（です）

（※但是「良(い)い」為例外，請注意發音的改變。）

4. **たいへん** 0非常　**あまり** 0十分

**どう** 1如何　皆為「副詞」，表示「修飾述語內容或其後的句子」。

## 生字

| | |
|---|---|
| 寒(さむ)い | 2〔形〕寒冷的 |
| 暑(あつ)い | 2〔形〕炎熱的 |
| おいしい | 0〔形〕好吃的 |
| まずい | 2〔形〕難吃的 |
| 大(おお)きい | 3〔形〕大的 |
| 小(ちい)さい | 3〔形〕小的 |
| 楽(たの)しい | 3〔形〕愉快的 |
| 良(い)い | 1〔形〕好的 |
| 悪(わる)い | 2〔形〕壞的 |
| 難(むずか)しい | 4 0〔形〕困難的 |
| 易(やさ)しい | 0〔形〕容易的 |
| 古(ふる)い | 2〔形〕舊的 |
| 新(あたら)しい | 4〔形〕新的 |
| 冷(つめ)たい | 0〔形〕（冰）冷的 |
| 熱(あつ)い | 2〔形〕熱的 |
| 安(やす)い | 2〔形〕便宜的 |

| | |
|---|---|
| 高い（たか） | 2〔形〕貴的 |
| おもしろい | 4〔形〕有趣的 |
| つまらない | 3〔形〕無聊的 |
| 料理（りょうり） | 1〔名〕菜 |
| 机（つくえ） | 0〔名〕桌子 |
| パーティー | 1〔名〕〈party〉舞會 |
| 試験（しけん） | 2〔名〕考試 |
| 牛乳（ぎゅうにゅう） | 0〔名〕牛奶 |
| 講義（こうぎ） | 3 0〔名〕講課 |

# 13 あの　人(ひと)は　親切(しんせつ)ですか
## （那個人親切嗎？）

3—
2:00

(1) あの　人(ひと)は　親切(しんせつ)ですか。

（那個人親切嗎？）

——はい、あの　人(ひと)は　親切(しんせつ)です。

（是的，那個人親切。）

——いいえ、あの　人(ひと)は　親切(しんせつ)では　ありません。

（不，那個人並不親切。）

(2) 寮(りょう)は　静(しず)かですか。

（宿舍安靜嗎？）

——はい、静(しず)かです。

（是的，是安靜的。）

——いいえ、静(しず)かでは　ありません。

（不，不安靜。）

(3) その　町(まち)は　賑(にぎ)やかですか。

（那個城市熱鬧嗎？）

——はい、賑(にぎ)やかです。

（是的，熱鬧。）

——いいえ、賑(にぎ)やかでは　ありません。

（不，不熱鬧。）

3 —
2:00

(4) その　山(やま)は　有名(ゆうめい)ですか。

（那座山有名嗎？）

——いいえ、有名(ゆうめい)では　ありません。

（不，不有名。）

(5) あの　男(おとこ)の　人(ひと)は　ハンサムですか。

（那個男人英俊嗎？）

——はい、ハンサムです。

（是的，英俊。）

(6) 鈴木(すずき)さんは　奇麗(きれい)ですか。

（鈴木小姐漂亮嗎？）

——はい、鈴木(すずき)さんは　奇麗(きれい)です。

（是的，鈴木小姐長得漂亮。）

(7) 李(り)さんは　元気(げんき)ですか。

（李先生好嗎？）

——はい、たいへん　元気(げんき)です。

（是的，非常好。）

——いいえ、あまり　元気(げんき)では　ありません。

（不，不大好。）

(8) あの　建物(たてもの)は　立派(りっぱ)ですか。

（那棟建築物氣派嗎？）

——はい、立派(りっぱ)です。

（是的，是氣派的。）

3 —
2:00

——いいえ、立派（りっぱ）では　ありません。

（不，不氣派。）

(9) 田中（たなか）さんは　真面目（まじめ）ですか。

（田中先生認真踏實嗎？）

——はい、真面目（まじめ）です。

（是的，認真踏實。）

——いいえ、真面目（まじめ）では　ありません。

（不，不認真踏實。）

文法重點說明

1. 本課句型為：

（**主語は**）　**述語**（**形容動詞**）

2. 「**形容動詞**」和形容詞一樣，都是在形容主語的內容性質或狀態，其「**詞幹**」（字典中以此形態出現）不會有變化，「詞幹類型」如下：

(1)「**和語**」型：**好（す）き**（喜歡）、**静（しず）か**（安靜）、**下手（へた）**（笨拙）…

(2)「**漢語**」型：**親切（しんせつ）**（親切）、**簡単（かんたん）**（簡單）、**不自然（ふしぜん）**（不自然）…（此類型佔多數）

(3)「**外來語**」型：**ハンサム**（英俊）、**オープン**（開放）、**オーバー**（超越）…

(4)「**名詞語＋的**」型：**個人的**（個人的）　**客観的**（客觀的）…

3.「**形容動詞**」的「否定」表達方式如下例：

親切です→　親切**では　ありません**

静かです→　静か**では　ありません**

4.「**名詞**」的「否定」表達方式同「形容動詞」，如下例：

雨です→雨**では　ありません**

### 生字

親切　1〔形動〕親切

静か　1〔形動〕安靜

賑やか　2〔形動〕熱鬧

有名　0〔形動〕有名

ハンサム　1〔形動〕〈handsome〉英俊

奇麗　1〔形動〕漂亮。乾淨

元気　1〔形動〕精神好

立派　0〔形動〕氣派。了不起

真面目　0〔形動〕認真踏實

寮　1〔名〕宿舍

町　2〔名〕城市

やま
山　2〔名〕山

おとこ
男　3〔名〕男人

おんな
女　3〔名〕女人

たてもの
建物　2 3〔名〕建築物

# 14 それは　新(あたら)しい　本(ほん)ですか
（那是新書嗎？）

3 —
3:30

(1) それは　新(あたら)しい　本(ほん)ですか。

（那是新書嗎？）

——いいえ、これは　古(ふる)い　本(ほん)です。

（不，這是舊書。）

(2) これは　おいしい　桃(もも)ですか。

（這是好吃的桃子嗎？）

——はい、それは　おいしい　桃(もも)です。

（是的，那是好吃的桃子。）

(3) あれは　熱(あつ)い　牛乳(ぎゅうにゅう)ですか。

（那是熱牛奶嗎？）

——いいえ、冷(つめ)たい　牛乳(ぎゅうにゅう)です。

（不，是冰冷的牛奶。）

(4) それは　難(むずか)しい　試験(しけん)ですか。

（那是困難的考試嗎？）

——いいえ、易(やさ)しい　試験(しけん)です。

（不，是簡單的考試。）

(5) これは　おもしろい　小説(しょうせつ)ですか。

（這是有趣的小說嗎？）

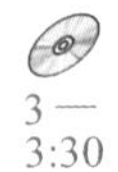
3—
3:30

——いいえ、おもしろい　小説(しょうせつ)では　ありません。

つまらない　小説(しょうせつ)です。

（不，不是有趣的小說。是無聊的小說。）

(6) アメリカは　どんな　国(くに)ですか。

（美國是怎樣的國家呢？）

——大(おお)きい　国(くに)です。

（是個大國。）

(7) あなたの　傘(かさ)は　どれですか。

（你的傘是哪一支呢？）

——私(わたし)の　傘(かさ)は　あの　黒(くろ)い　傘(かさ)です。

（我的傘是那支黑傘。）

(8) 白(しろ)い　シャツは　どこですか。

（白色襯衫在哪裡呢？）

——白(しろ)い　シャツは　あそこです。

（白色襯衫在那裡。）

文法重點說明

本課文法：

**形容詞**　＋　**名詞**

（修飾名詞）

例：**新(あたら)しい**　**本(ほん)**（新的書）

（修飾名詞）

## 生字

| | |
|---|---|
| 桃（もも） | 0〔名〕桃子 |
| 小説（しょうせつ） | 0〔名〕小說 |
| アメリカ | 0〔名〕〈America〉美國 |
| シャツ | 1〔名〕〈shirt〉襯衫 |
| どんな | 1〔連體〕怎樣的 |
| 黒い（くろい） | 2〔形〕黑色的 |
| 白い（しろい） | 2〔形〕白色的 |
| 赤い（あかい） | 0〔形〕紅的 |
| 青い（あおい） | 2〔形〕藍的 |
| 甘い（あまい） | 0〔形〕甜的 |
| 辛い（からい） | 2〔形〕辣的 |
| 涼しい（すずしい） | 3〔形〕涼爽的 |

# 15 富士山(ふじさん)は　有名(ゆうめい)な　山(やま)です

（富士山是有名的山。）

3—
4:20

(1) 富士山(ふじさん)は　どんな　山(やま)ですか。

（富士山是怎樣的山呢？）

——富士山(ふじさん)は　有名(ゆうめい)な　山(やま)です。

（富士山是有名的山。）

(2) 桜(さくら)は　どんな　花(はな)ですか。

（櫻花是怎樣的花呢？）

——桜(さくら)は　奇麗(きれい)な　花(はな)です。

（櫻花是漂亮的花。）

(3) 奈良(なら)は　どんな　町(まち)ですか。

（奈良是怎樣的城市呢？）

——静(しず)かな　町(まち)です。

（是安靜的城市。）

(4) 東京(とうきょう)は　どんな　都市(とし)ですか。

（東京是怎樣的都市呢？）

——たいへん　賑(にぎ)やかな　都市(とし)です。

（東京是非常熱鬧的都市。）

(5) 山田(やまだ)さんは　どんな　人(ひと)ですか。

（山田先生是怎樣的人呢？）

3 — 4:20

——立派(りっぱ)な　人(ひと)です。

（是個了不起的人。）

(6) 石川(いしかわ)さんは　どんな　方(かた)ですか。

（石川先生是一位怎樣的人呢？）

——真面目(まじめ)な　方(かた)です。そして　活発(かっぱつ)です。

（是一位認真的人。而且活潑。）

(7) 先生(せんせい)は　親切(しんせつ)な　人(ひと)ですか。

（老師是親切的人嗎？）

——はい、親切(しんせつ)な　人(ひと)です。

（是的，是親切的人。）

——いいえ、親切(しんせつ)な　人(ひと)では　ありません。

（不，不是親切的人。）

### 文法重點說明

本課文法：

**形容動詞詞幹**+な　＋　**名詞**

（修飾名詞）

例：　**有名(ゆうめい)な**　**山(やま)**　（有名的山）

（修飾名詞）

## 生字

| | |
|---|---|
| 桜(さくら) | 0〔名〕櫻花 |
| 花(はな) | 2〔名〕花 |

都市（とし） 1〔名〕都市

方（かた） 2〔名〕人（敬稱）

そして 0〔接〕而且

活発（かっぱつ） 0〔形動〕活潑

# 16 何(なに)が　好(す)きですか

## （喜歡什麼呢？）

4—
0:00

(1) 何(なに)が　好(す)きですか。

（喜歡什麼呢？）

——果物(くだもの)が　好(す)きです。

（喜歡水果。）

(2) あなたは　映画(えいが)が　好(す)きですか。

（你喜歡看電影嗎？）

——はい、私(わたし)は　映画(えいが)が　たいへん　好(す)きです。

（是的，我非常喜歡看電影。）

(3) どんな　スポーツが　好(す)きですか。

（喜歡什麼運動呢？）

——ゴルフが　好(す)きです。

（喜歡打高爾夫球。）

(4) どんな　料理(りょうり)が　一番(いちばん)　好(す)きですか。

（最喜歡哪種料理呢？）

——日本料理(にほんりょうり)です。

（日本料理。）

(5) お酒(さけ)が　嫌(きら)いですか。

（討厭喝酒嗎？）

——いいえ、嫌(きら)いでは　ありません。大好(だいす)きです。

4—
0:00

（不，不討厭。非常喜歡。）

(6) 中村(なかむら)さんは　魚(さかな)が　嫌(きら)いですか。

（中村先生討厭吃魚嗎？）

——はい、大嫌(だいきら)いです。

（是的，很討厭。）

——いいえ、そんなに　嫌(きら)いでは　ありません。

（不，不怎麼討厭。）

(7) 誰(だれ)が　好(す)きですか。

（喜歡誰呢？）

——鈴木(すずき)さんが　好(す)きです。

（喜歡鈴木先生。）

(8) 先生(せんせい)は　音楽(おんがく)が　好(す)きですか。

（老師喜歡音樂嗎？）

——はい、たいへん　好(す)きです。

（是的，非常喜歡。）

——いいえ、あまり　好(す)きでは　ありません。

（不，不怎麼喜歡。）

## 文法重點說明

1. 本課句型：

**（主語は）　<u>名詞が　　形容動詞</u>**

**（述語）**

2.「**が**」（助詞）表示「感情好惡的對象」。

3. **一番**（いちばん） 2 0 最　**そんなに**　0 那樣地　為「副詞」。

本課的「副詞」皆修飾其後接的「形容動詞」。

## 生字

| | |
|---|---|
| 好き（すき） | 2〔形動〕喜歡 |
| 嫌い（きらい） | 0〔形動〕討厭 |
| 大好き（だいすき） | 1〔形動〕很喜歡 |
| 大嫌い（だいきらい） | 1〔形動〕很討厭 |
| 果物（くだもの） | 2〔名〕水果 |
| スポーツ | 2〔名〕〈sports〉運動 |
| ゴルフ | 1〔名〕〈golf〉高爾夫球 |
| 日本料理（にほんりょうり） | 4〔名〕日本料理 |
| 魚（さかな） | 0〔名〕魚 |

# 17 あの　人(ひと)は　歌(うた)が　上手(じょうず)ですか
## （那個人歌唱得好嗎？）

4—
1:00

(1) あの　人(ひと)は　歌(うた)が　上手(じょうず)ですか。

（那個人歌唱得好嗎？）

——はい、あの　人(ひと)は　歌(うた)が　上手(じょうず)です。

（是的，那個人歌唱得好。）

(2) あなたは　ダンスが　上手(じょうず)ですか。

（你舞跳得好嗎？）

——いいえ、上手(じょうず)では　ありません。

（不，跳得不好。）

(3) ギターが　上手(じょうず)ですか。

（吉他彈得好嗎？）

——いいえ、あまり　上手(じょうず)では　ありません。

（不，不太好。）

(4) 山本(やまもと)さんは　テニスが　上手(じょうず)ですか。

（山本先生網球打得好嗎？）

——はい、大変(たいへん)　上手(じょうず)です。

（是的，打得非常好。）

(5) 英語(えいご)が　上手(じょうず)ですか。

4—1:00

（英語很行嗎？）

——いいえ、まだ　下手(へた)です。

（不，還不行。）

(6) 小林(こばやし)さんは　料理(りょうり)が　上手(じょうず)ですか。

（小林先生菜做得不錯嗎？）

——いいえ、全然(ぜんぜん)　だめです。

（不，完全不行。）

(7) あなたは　数学(すうがく)が　得意(とくい)ですか。

（你擅長數學嗎？）

——いいえ、得意(とくい)では　ありません。苦手(にがて)です。

（不，不擅長。）



文法重點說明

1. 本課句型同前一課，請參照。

2. 「**が**」（助詞）表示「能力的內容」。

3. 形容動詞的否定表達方式同「名詞」，可參照「第13課」的文法說明 2，如：

上手です。（肯定）

→上手**では　ありません**。（否定）

4. **全然(ぜんぜん)**　⓪完全　為「副詞」，修飾形容動詞「**だめ**」。

## 生字

| | |
|---|---|
| 上手(じょうず) | 3〔形動〕擅長 |
| 下手(へた) | 2〔形動〕笨拙 |
| だめ | 2〔形動〕不行 |
| 得意(とくい) | 2 0〔形動〕擅長 |
| 苦手(にがて) | 0 3〔形動〕不擅長 |
| 歌(うた) | 2〔名〕歌 |
| ダンス | 1〔名〕〈dance〉跳舞 |
| ギター | 1〔名〕〈guitar〉吉他 |
| 数学(すうがく) | 0〔名〕數學 |

# 18 あなたは　自動車(じどうしゃ)が　ありますか

（你有車嗎？）

4—2:00

(1) あなたは　自動車(じどうしゃ)が　ありますか。

（你有車嗎？）

——はい、私(わたし)は　自動車(じどうしゃ)が　あります。

（是的，我有車。）

(2) カメラが　ありますか。

（有相機嗎？）

——いいえ、ありません。

（不，沒有。）

(3) 社長(しゃちょう)は　家(いえ)が　ありますか。

（社長有房子嗎？）

——はい、たくさん　あります。

（是的，有很多。）

(4) 吉田(よしだ)さんは　今(いま)　お金(かね)が　ありますか。

（吉田先生現在有錢嗎？）

——はい、少(すこ)し　あります。

（是的，有一點。）

(5) 今日(きょう)　宿題(しゅくだい)が　ありますか。

（今天有作業嗎？）

4—
2:00

——いいえ、全然（ぜんぜん）　ありません。

（不，完全沒有。）

(6) どうして　映画（えいが）を　見（み）ませんか。

（為什麼不看電影呢？）

——時間（じかん）が　ありませんから。

（因為沒有時間。）

(7) どうして　薬（くすり）を　飲（の）みましたか。

（為什麼吃藥呢？）

——熱（ねつ）が　ありましたから。

（因為發燒了。）

## 文法重點說明

1. 本課句型：

**（主語は）　名詞が　あります**

**（述語）**

2. 「**は**」（助詞）表示「強調」述語內容。

3. 「**が**」（助詞）表示「擁有」。

4. 「**から**」（助詞）表示「原因」。

5. **たくさん** 0很多　**少（すこ）し** 2一點點

**どうして** 1為什麼　皆為「副詞」，修飾其後的「**動詞**」。

## 生字

| | |
|---|---|
| 社長（しゃちょう） | 0〔名〕老闆 |
| 家（いえ） | 2〔名〕房子 |
| 宿題（しゅくだい） | 0〔名〕習題。作業 |
| 時間（じかん） | 0〔名〕時間 |
| 薬（くすり） | 0〔名〕藥 |
| 熱（ねつ） | 2〔名〕發燒 |
| あります | 3→ ある 1〔自五〕有 |

# 19 家（うち）に　誰（だれ）が　いますか
## （家裡有誰在呢？）

4—
2:40

(1) 家（うち）に　誰（だれ）が　いますか。

（家裡有誰在呢？）

——母（はは）が　います。

（有母親在。）

(2) 公園（こうえん）の　中（なか）に　誰（だれ）が　いますか。

（公園裡有誰在呢？）

——大人（おとな）と　子供（こども）が　います。

（有大人和小孩在。）

——誰（だれ）も　いません。

（沒有人在。）

(3) 石（いし）の　上（うえ）に　何（なに）が　いますか。

（石頭上有什麼呢？）

——猫（ねこ）が　います。

（有貓。）

——何（なに）も　いません。

（什麼也沒有。）

(4) 事務所（じむしょ）に　誰（だれ）か　いますか。

（辦公室裡有人在嗎？）

4 —
2:40

——はい、います。

（是的，有人在。）

——誰（だれ）が　いますか。

（是誰在呢？）

——課長（かちょう）が　います。

（是課長。）

(5) あの　人（ひと）は　どこに　いますか。

（那個人在哪裡呢？）

——駅（えき）の　前（まえ）に　います。

（在車站前面。）

(6) 吉村（よしむら）さんは　どこに　いますか。

（吉村先生在哪裡呢？）

——二階（にかい）に　います。

（在二樓。）

(7) 弟（おとうと）は　図書館（としょかん）に　いますか。

（弟弟在圖書館裡面嗎？）

——いいえ、レストランに　います。

（不，是在西餐廳裡。）

(8) 犬（いぬ）は　どこに　いますか。

（狗在哪裡呢？）

——椅子（いす）の　下（した）に　います。

（在椅子下面。）

## 文法重點說明

1. 本課句型：

　(1)**場所に　主語が　<u>います</u>**
　　　　　　　　　　（**述語**）

　(2)**主語は　場所に　<u>います</u>**
　　　　　　　　　　（**述語**）

　如圖所示：

※「**います**」是表示「生物的存在」。

2. 「**に**」（助詞）表示「存在的場所」。
3. 「**が**」（助詞）前接「疑問詞」或表示存在的「主語」。
4. 「**は**」（助詞）表示「強調」其後面的句子。
5. 「**と**」（助詞）表示「事物的列舉」。
6. 疑問詞＋「**も**」（助詞）表示「全面否定（後接否定句）」。
7. 疑問詞＋「**か**」（助詞）表示「不能確定的事情」。

## 生字

|  |  |
|---|---|
| 母（はは） | 1〔名〕母親 |
| 中（なか） | 1〔名〕裡面 |
| 外（そと） | 1〔名〕外面 |
| 大人（おとな） | 0〔名〕大人 |
| 石（いし） | 2〔名〕石頭 |
| 上（うえ） | 0〔名〕上面 |
| 猫（ねこ） | 1〔名〕貓 |
| 課長（かちょう） | 0〔名〕課長 |
| 駅（えき） | 1〔名〕車站 |
| 前（まえ） | 1〔名〕前面 |
| 二階（にかい） | 0〔名〕2 樓 |
| 弟（おとうと） | 4〔名〕弟弟 |
| 図書館（としょかん） | 2〔名〕圖書館 |
| レストラン | 1〔名〕〈法語restaurant〉西餐廳 |
| 犬（いぬ） | 2〔名〕狗 |
| 椅子（いす） | 0〔名〕椅子 |
| 下（した） | 0〔名〕下面 |
| います2→ | いる　0〔自上一〕存在 |

# 20 部屋(へや)に　何(なに)が　ありますか
## （房間裡有什麼呢？）

4—
3:40

(1) 部屋(へや)に　何(なに)が　ありますか。

（房間裡有什麼呢？）

——テレビが　あります。

（有電視機。）

(2) 机(つくえ)の　上(うえ)に　何(なに)が　ありますか。

（桌子上有什麼呢？）

——新聞(しんぶん)と　雑誌(ざっし)が　あります。

（有報紙和雜誌。）

——何(なに)も　ありません。

（什麼也沒有。）

(3) 学校(がっこう)の　周(まわ)りに　何(なに)が　ありますか。

（學校的四周有什麼呢？）

——デパートや　スーパーが　あります。

（有百貨公司、超級市場等。）

(4) 箱(はこ)の　中(なか)に　何(なに)か　ありますか。

（箱子裡有東西嗎？）

——はい、あります。

（是的，有東西。）

——何(なに)が　ありますか。

（有什麼東西呢？）

4—3:40

——お菓子(かし)が　あります。

（有糕點。）

(5) トイレは　どこに　ありますか。

（廁所在哪裡呢？）

——あそこに　あります。

（在那裡。）

——エレベーターの　右(みぎ)です。

（在電梯的右邊。）

(6) 銀行(ぎんこう)は　どこに　ありますか。

（銀行在哪裡呢？）

——病院(びょういん)の　近(ちか)くです。

（在醫院的附近。）

(7) レストランは　どこに　ありますか。

（西餐廳在哪裡呢？）

——花屋(はなや)の　隣(となり)に　あります。

（在花店的隔壁。）

——郵便局(ゆうびんきょく)の　後(うしろ)です。

（在郵局的後面。）

(8) 会社(かいしゃ)は　どこに　ありましたか。

（公司以前在哪裡呢？）

——八百屋(やおや)の　左(ひだり)に　ありました。

（以前是在賣菜的左邊。）

——パン屋（や）と　美容院（びよういん）の　間（あいだ）でした。

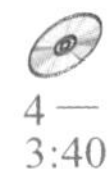


（以前是在麵包店和美容院的中間。）

## 文法重點說明

1. 本課句型與「第19課」類似：

(1)**場所に　主語が　ありますー**
（**述語**）

(2)**主語は　場所に　あります**
（**述語**）

如圖所示：

※「**あります**」是表示「非生物的存在」。

2. 助詞「**に**」、「**が**」、「**は**」、「**と**」、「**も**」、「**か**」同第19課說明事項2～7，請參照。

3. 「**や**」（助詞）表示列舉所見「部分」的事物。也就是從一個群體中，挑選一兩個例子來說明。

## 生字

| | |
|---|---|
| テレビ | 1〔名〕〈television〉電視 |
| 雑誌（ざっし） | 0〔名〕雜誌 |
| 周り（まわり） | 0〔名〕四周 |
| スーパー | 1〔名〕〈supermarket〉超市 |
| 箱（はこ） | 0〔名〕箱子 |
| お菓子（かし） | 2〔名〕糕點、點心 |
| トイレ | 1〔名〕〈toilet〉廁所 |
| エレベーター | 3〔名〕〈elevator〉電梯 |
| 右（みぎ） | 0〔名〕右邊 |
| 近く（ちかく） | 2〔名〕附近 |
| 花屋（はなや） | 2〔名〕花店 |
| 隣（となり） | 0〔名〕隔壁 |
| 郵便局（ゆうびんきょく） | 3〔名〕郵局 |
| 後ろ（うしろ） | 0〔名〕後面 |
| 八百屋（やおや） | 0〔名〕蔬菜店 |
| 左（ひだり） | 0〔名〕左邊 |
| パン屋（や） | 1〔名〕麵包店 |
| 美容院（びよういん） | 2〔名〕美容院 |
| 間（あいだ） | 0〔名〕中間 |
| あります3→ | ある1〔自五〕存在（指非生物） |

# 21 これは　いくらですか
（這個多少錢呢？）

5—
0:00

(1) これは　いくらですか。

（這個多少錢呢？）

——それは　５０円(ごじゅうえん)です。

（那個是50日圓。）

※ 1(いち)[2]　2(に)[1]　3(さん)[0]　4(よん)[1]　5(ご)[1]

6(ろく)[2]　7(しち)[2]　8(はち)[2]　9(きゅう)[1]

10(じゅう)[1]　20(にじゅう)[1]　30(さんじゅう)[1]　40(よんじゅう)[1]

50(ごじゅう)[2]　60(ろくじゅう)[3]　70(しちじゅう)[3]　80(はちじゅう)[3]

90(きゅうじゅう)[1]　0(ゼロ)[1]

（1～90，0）

(2) それは　３百円(さんびゃくえん)ですか。

（那個是3百日圓嗎？）

——はい、そうです。

（是的，沒錯。）

※百(ひゃく)[2]　2百(にひゃく)[3]　3百(さんびゃく)[1]　4百(よんひゃく)[1]

5百(ごひゃく)[3]　6百(ろっぴゃく)[4]　7百(ななひゃく)[2]　8百(はっぴゃく)[4]

9百(きゅうひゃく)[1]

（1百～9百）

5—
0:00

(3) その　シャツは　いくらですか。

（那件襯衫多少錢呢？）

——3千6百円（さんぜんろっぴゃくえん）です。

（3千6百元。）

※千（せん）[1]　2千（にせん）[2]　3千（さんぜん）[3]　4千（よんせん）[3]

5千（ごせん）[2]　6千（ろくせん）[3]　7千（ななせん）[3]　8千（はっせん）[3]

9千（きゅうせん）[3]

（1千～9千）

(4) その　カメラは　いくらですか。

（那臺相機多少錢呢？）

——5万円（ごまんえん）です。

（5萬日圓。）

※1万（いちまん）[3]　2万（にまん）[2]　3万（さんまん）[3]　4万（よんまん）[3]

5万（ごまん）[2]　6万（ろくまん）[3]　7万（ななまん）[3]　8万（はちまん）[3]

9万（きゅうまん）[3]　10万（じゅうまん）[3]　百万（ひゃくまん）[3]　千万（せんまん）[3]

（1萬～千萬）

## 文法重點說明

1. 「第 21～24 課」課文重點在「**數量詞**」（數字、數量等的算法）。

2.「第 21～24 課」句型模式同第 1～7 課，如

主語は　述語です。

（**數量詞**）

主語は　**數量詞**　動詞

（述詞）

3.「4」也吟成「**よ**[1]」或「**し**[1]」，「7」也唸成「**なな**[1]」，「9」也唸成「**く**[1]」。

4.「**1百、1千、1百萬、1千萬**」的「**1**」均不發音。

## 生字

いくら　[1]多少錢

# 22 家族は　何人　います
（家裡有幾個人呢？）

5—
1:40

(1) 家族(かぞく)は　何人(なんにん)　いますか。

（家裡有幾個人呢？）

——全部(ぜんぶ)で　5人(ごにん)　います。

（共有5個人。）

※1人(ひとり) 2　　2人(ふたり) 3　　3人(さんにん) 3　　4人(よにん) 2

5人(ごにん) 2　　6人(ろくにん) 2　　7人(しちにん) 2　　8人(はちにん) 2

9人(きゅうにん) 1　　10人(じゅうにん) 1

(2) 卵(たまご)は　いくつ　ありますか。

（蛋有幾個呢？）

——4つ(よっ)　あります。

（有4個。）

※1つ(ひと) 2　　2つ(ふた) 3　　3つ(みっ) 3　　4つ(よっ) 3

5つ(いつ) 2　　6つ(むっ) 3　　7つ(なな) 2　　8つ(やっ) 3

9つ(ここの) 2　　10(とお) 1

(3) 封筒(ふうとう)は　何枚(なんまい)ですか。

（信封幾個呢？）

——3枚(さんまい)です。

（3個。）

※1枚(いちまい)[2]　2枚(にまい)[1]　3枚(さんまい)[1]　4枚(よんまい)[1]
5枚(ごまい)[0]　6枚(ろくまい)[2]　7枚(ななまい)[2]　8枚(はちまい)[2]
9枚(きゅうまい)[1]　10枚(じゅうまい)[1]

5 ——
1:40

(4) コンピューターは　何台(なんだい)ですか。

（電腦幾臺呢？）

——3台(さんだい)です。

（3臺。）

※1台(いちだい)[2]　2台(にだい)[1]　3台(さんだい)[1]　4台(よんだい)[1]
5台(ごだい)[0]　6台(ろくだい)[2]　7台(ななだい)[2]　8台(はちだい)[2]
9台(きゅうだい)[1]　10台(じゅうだい)[1]

(5) ビールは　何本(なんぼん)　ありますか。

（啤酒有幾瓶呢？）

——10本(じゅっぽん)　あります。

（有10瓶。）

※1本(いっぽん)[1]　2本(にほん)[1]　3本(さんぼん)[1]　4本(よんほん)[1]
5本(ごほん)[0]　6本(ろっぽん)[1]　7本(ななほん)[2]　8本(はっぽん)[1]
9本(きゅうほん)[1]　10本(じゅっぽん)[1]

(6) 魚(さかな)は　何匹(なんびき)　いますか。

（有幾條魚呢？）

5 —
1:40

——3匹（さんびき）　います。

（有3條。）

※1匹（いっぴき）[4]　2匹（にひき）[1]　3匹（さんびき）[1]　4匹（よんひき）[1]

5匹（ごひき）[1]　6匹（ろっぴき）[0]　7匹（ななひき）[2]　8匹（はっぴき）[4]

9匹（きゅうひき）[1]　10匹（じゅっぴき）[4]

## 文法重點說明

1.「**全部（ぜんぶ）で**」的「**で**」（助詞）表示「數量的範圍」。

2.「**1（ひと）つ～10（とお）**」：

表示「東西」的數量單位，例如：蛋、蘋果、桌椅、菸灰缸等。

3.「**～枚（まい）**」：

表示「薄的東西」的數量單位，例如：紙張、唱片、手帕、盤子等。

4.「**～台（だい）**」：

表示「車輛、機器等」的數量單位。

5.「**～本**」：

表示「細長物」的數量單位，例如：鉛筆、樹、酒瓶、皮帶等。

6.「**～匹**」：

表示「獸、魚、蟲」等的數量單位。

## 生字

| | |
|---|---|
| 家族（かぞく） | 1〔名〕家人 |
| 兄弟（きょうだい） | 1〔名〕兄弟 |
| 何人（なんにん） | 1〔名〕幾個人 |
| 卵（たまご） | 2 0〔名〕蛋 |
| いくつ | 1〔名〕幾個。幾歲 |
| 封筒（ふうとう） | 0〔名〕信封 |
| 切手（きって） | 0〔名〕郵票 |
| 何枚（なんまい） | 1〔名〕幾張。幾片 |
| コンピューター | 3〔名〕〈computer〉電腦 |
| 何台（なんだい） | 1〔名〕幾臺 |
| ビール | 1〔名〕〈荷蘭語bier〉啤酒 |
| 何本（なんぼん） | 1〔名〕幾瓶。幾條 |
| 何匹（なんびき） | 1〔名〕幾隻 |

# 23 あなたは　何才(なんさい)ですか
（你幾歲呢？）

(1) あなたは　何才(なんさい)ですか。

（你幾歲呢？）

——20才(はたち)です。

（20歲。）

※ 1才(いっさい)[1]　2才(にさい)[1]　3才(さんさい)[1]　4才(よんさい)[1]
5才(ごさい)[1]　6才(ろくさい)[2]　7才(ななさい)[2]　8才(はっさい)[1]
9才(きゅうさい)[1]　10才(じゅっさい)[1]

（1～10歲）

(2) この　本(ほん)を　何回(なんかい)　読(よ)みましたか。

（這本書看了幾次呢？）

——2回(にかい)です。

（兩次。）

※ 1回(いっかい)[3]　2回(にかい)[2]　3回(さんかい)[3]　4回(よんかい)[1]
5回(ごかい)[2]　6回(ろっかい)[3]　7回(ななかい)[2]　8回(はっかい)[3]
9回(きゅうかい)[1]　10回(じゅっかい)[3]

（1～10次）

(3) 何杯(なんばい)　食(た)べますか。

（要吃幾碗呢？）

5 —
3:30

——2杯（にはい）　食（た）べます。

（要吃兩碗。）

※ 1杯（いっぱい）1　2杯（にはい）1　3杯（さんばい）1　4杯（よんはい）1

5杯（ごはい）0　6杯（ろっぱい）1　7杯（ななはい）2　8杯（はっぱい）1

9杯（きゅうはい）1　10杯（じゅっぱい）1

（1～10碗）

(4) 本（ほん）は　何冊（なんさつ）　ありますか。

（書有幾本呢？）

——5冊（ごさつ）　あります。

（有5本。）

※1冊（いっさつ）4　2冊（にさつ）1　3冊（さんさつ）1　4冊（よんさつ）1

5冊（ごさつ）1　6冊（ろくさつ）4　7冊（ななさつ）2　8冊（はっさつ）4

9冊（きゅうさつ）1　10冊（じゅっさつ）4

（1～10本）

(5) 何番（なんばん）ですか。

（幾號呢？）

——3番（さんばん）です。

（3號。）

※ 1番（いちばん）2　2番（にばん）1　3番（さんばん）0　4番（よんばん）1

5番（ごばん）0　6番（ろくばん）2　7番（ななばん）2　8番（はちばん）2

9番(きゅうばん)[1]　10番(じゅうばん)[1]

（1～10號）

5—3:30

(6) 何個(なんこ)ですか。

（幾個呢？）

——3個(さんこ)です。

（3個。）

※ 1個(いっこ)[1]　2個(にこ)[1]　3個(さんこ)[1]　4個(よんこ)[1]

5個(ごこ)[1]　6個(ろっこ)[1]　7個(ななこ)[2]　8個(はっこ)[1]

9個(きゅうこ)[1]　10個(じゅっこ)[1]

（1～10個）

文法重點說明

1.「何才(なんさい)」也可以說成「**おいくつ** [0]幾歲」。

2.「**～回(かい)**」：

表示「次數」。

3.「**～杯**」：

表示「杯、碗」的數量單位。

4.「**～冊**」：

表示「書籍、雜誌等」的數量單位。

5.「**～番(ばん)**」：

表示「號碼、順序」。

## 生字

何才（なんさい）　1〔名〕幾歲

20才（はたち）　1〔名〕20歲

何回（なんかい）　1〔名〕幾次

何杯（なんばい）　1〔名〕幾 碗。幾杯

何冊（なんさつ）　1〔名〕幾本

何番（なんばん）　1〔名〕幾號

何個（なんこ）　1〔名〕幾個

# 24 毎日（まいにち）　何時間（なんじかん）　働（はたら）きますか

（每天工作幾個小時呢？）

5—5:20

(1) 毎日（まいにち）　何時間（なんじかん）　働（はたら）きますか。

（每天工作幾個小時呢？）

——8時間（はちじかん）　働（はたら）きます。

（工作8個小時。）

※ 1時間（いちじかん）3　　2（に）時間2　　3（さん）時間3

4（よ）時間2　　5（ご）時間2　　6（ろく）時間3

7（しち）時間3　　8（はち）時間3　　9（く）時間2

10（じゅう）時間3　　何（なん）時間3

（1～10小時。幾小時）

(2) 日本（にほん）に　何日（なんにち）　いますか。

（要在日本幾天呢？）

——1日（いちにち）だけです。

（只有1天。）

※ 1日（いちにち）4　　2日（ふつか）0　　3日（みっか）0　　4日（よっか）0

5日（いつか）0　　6日（むいか）0　　7日（なのか）0　　8日（ようか）0

9日（ここのか）0　　10日（とおか）0　　何日（なんにち）1

（1～10天。幾天）

5—5:20

(3) 会社(かいしゃ)を　どのぐらい　休(やす)みましたか。

（大概幾天沒上班了呢？）

——1週間(いっしゅうかん)です。

（一個星期。）

※1週間(いっしゅうかん)③　2(に)週間②　3(さん)週間③

4(よん)週間③　5(ご)週間②　6(ろく)週間③

7(なな)週間③　8週間(はっしゅうかん)③　9(きゅう)週間③

10週間(じゅっしゅうかん)③　何(なん)週間③

（1～10星期。幾星期）

(4) どのぐらい　日本語(にほんご)を　習(なら)いましたか。

（學日語學了多久呢？）

——3か月(さんげつ)ぐらいです。

（3個月左右。）

※1か月(いっげつ)③　2(に)か月②　3(さん)か月③

4(よん)か月③　5(ご)か月②　6(ろっ)か月③

7(なな)か月③　8(はっ)か月③　9(きゅう)か月③

10(じゅっ)か月③　何(なん)か月③

（1～10個月。幾個月）

(5) どのぐらい　アメリカに　いますか。

（要在美國待多久呢？）

——2年(にねん)です。

（2年。）

5—5:20

※ 1年(いちねん)2　2年(に)1　3年(さん)0　4年(よ)0

5年(ご)0　6年(ろく)2　7年(なな)2　8年(はち)2

9年(きゅう)1　10年(じゅう)1　何年(なん)1

（1～10年。幾年）

文法重點說明

1. 例句2的「**に**」（助詞）表示「場所」。

2. 「**だけ**」（助詞）表示「限定」。

3. 「**ぐらい**」（助詞）表示大約的「數量」或「程度」。

生字

どのぐらい　0 1 多少

# 25 旅行(りょこう)は　楽(たの)しかったです

（旅行滿愉快的）

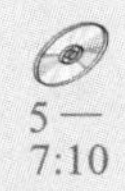

5—
7:10

(1) 旅行(りょこう)は　どうでしたか。

（旅行覺得怎麼樣呢？）

——旅行(りょこう)は　楽(たの)しかったです。

（滿愉快的。）

——旅行(りょこう)は　楽(たの)しくなかったです。

（旅行不愉快。）

(2) 昼(ひる)ご飯(はん)は　どうでしたか。

（午飯覺得怎麼樣呢？）

——おいしかったです。

（好吃。）

——おいしくなかったです。

（不好吃。）

(3) 試験(しけん)は　どうでしたか。

（考試怎麼樣了呢？）

——難(むずか)しかったです。

（滿難的。）

——難(むずか)しくなかったです。易(やさ)しかったです。

（不難。簡單。）

5—
7:10

(4) 天気（てんき）は　どうでしたか。

（天氣怎麼樣了呢？）

——たいへん　良（よ）かったです。

（非常地好。）

——あまり　良（よ）くなかったです。

（不太好。）

(5) 昨日（きのう）は　寒（さむ）かったですか。

（昨天冷嗎？）

——はい、寒（さむ）かったです。

（是的，昨天冷。）

——いいえ、寒（さむ）くなかったです。暑（あつ）かったです。

（不，不冷。滿熱的。）

(6) 先週（せんしゅう）は　忙（いそが）しかったですか。

（上禮拜忙嗎？）

——はい、そうでした。

（是的，沒錯。）

——いいえ、忙（いそが）しくなかったです。

（不，不忙。）

(7) 先月（せんげつ）は　暖（あたた）かかったですか。

（上個月暖和嗎？）

——はい、暖（あたた）かかったです。

（是的，暖和。）

——いいえ、暖(あたた)かくなかったです。

5 — 7:10

（不，不暖和。）

(8) 昨日(きのう)の　パーティーは　人(ひと)が　多(おお)かったですか。

（昨天的舞會人多嗎？）

——はい、多(おお)かったです。

（是的，人多。）

——いいえ、あまり　多(おお)くなかったです。

（不，不太多。）

文法重點說明

1. 本課句型同「第 12 課」，但述語部分是「**形容詞的肯定、否定過去式**」。

2. 形容詞的「**敬體時態、肯定句、否定句**」舉例列表公式如下：

| | 肯定 | 否定 |
|---|---|---|
| 現在式<br>無時式 | **暑(あつ)いです** | **暑くないです**<br>**暑くありません** |
| 過去式 | **暑かったです** | **暑くなかったです**<br>**暑くありませんでした** |

## 生字

旅行(りょこう)　0〔名〕旅行

昼(ひる)ご飯(はん)　3〔名〕午飯

天気(てんき)　1〔名〕天氣

先月（せんげつ） 1〔名〕上個月

忙（いそが）しかった→ 忙しい4〔形〕忙碌的

暖（あたた）かかった→ 暖かい4〔形〕暖和的

多（おお）かった→ 多い1 2〔形〕多的

# 26 ここは　賑(にぎ)やかでしたか
## （這裡以前熱鬧嗎？）

6—
0:00

(1) ここは　賑(にぎ)やかでしたか。

（這裡以前熱鬧嗎？）

——はい、賑(にぎ)やかでした。

（是的，以前熱鬧。）

——いいえ、賑(にぎ)やかでは　ありませんでした。

（不，以前不熱鬧。）

(2) その　店(みせ)は　奇麗(きれい)でしたか。

（那家店以前衛生嗎？）

——はい、奇麗(きれい)でした。

（是的，衛生。）

——いいえ、奇麗(きれい)では　ありませんでした。

（不，以前不衛生。）

(3) 佐藤(さとう)さんは　元気(げんき)でしたか。

（佐藤先生以前精神好嗎？）

——はい、元気(げんき)でした。

（是的，以前精神好。）

——いいえ、元気(げんき)では　ありませんでした。

（不，以前精神不好。）

6 —
0:00

(4) 先週(せんしゅう)は　暇(ひま)でしたか。

（上禮拜有空閒嗎？）

——はい、暇(ひま)でした。

（是的，有空。）

——いいえ、暇(ひま)では　ありませんでした。

（不，沒空。）

(5) 京都(きょうと)は　どうでしたか。

（京都以前怎麼樣呢？）

——とても　静(しず)かでした。

（以前非常安靜。）

(6) あの　人(ひと)は　どんな　人(ひと)でしたか。

（那個人以前怎麼樣呢？）

——たいへん　有名(ゆうめい)でした。

（以前很有名。）

——あまり　有名(ゆうめい)では　ありませんでした。

（以前不怎麼有名。）

(7) 今朝(けさ)は　雨(あめ)でしたか。

（今天早上下過雨了嗎？）

——はい、雨(あめ)でした。

（是的，下過雨了。）

——いいえ、雨(あめ)では　ありませんでした。

（不，沒有下雨）

(8) 昨日（きのう） 休み（やす）でしたか。

（昨天休假了嗎？）

——はい、休み（やす）でした。

（是的，有休假。）

——いいえ、休み（やす）では　ありませんでした。

（不，沒休假。）

6—
0:00

文法重點說明

1. 本課句型同「第13課」，但述語部分是「**形容動詞的肯定、否定過去式**」。
2. 形容動詞（或名詞）的「**敬體時態、肯定句、否定句**」舉例列表公式如下：

| | 肯定 | 否定 |
|---|---|---|
| 現在式<br>無時式 | **静か（しず）です**<br>**雨（あめ）です** | **静かでは　ありません**<br>**雨では　ありません** |
| 過去式 | **静かでした**<br>**雨でした** | **静かでは　ありませんでした**<br>**雨では　ありませんでした** |

3. **とても**　3 0 非常　為「副詞」，修飾後接的句子。

## 生字

店（みせ）　2〔名〕店

暇（ひま）　0〔名・形動〕空閒

今朝（けさ）　1〔名〕今天早上

雨（あめ）　1〔名〕雨

休み（やす）　3〔名〕請假。休息

# 27 コーヒーと　紅茶と　どちらが　いいですか

6—1:10

（咖啡和紅茶要哪一樣呢？）

(1) コーヒーと　紅茶と　どちらが　いいですか。

（咖啡和紅茶要哪一樣呢？）

——紅茶の　方が　いいです。

（要紅茶。）

(2) 桃と　蜜柑と　どちらが　安いですか。

（桃子和柑橘哪一種便宜呢？）

——蜜柑の　方が　安いです。

（柑橘比較便宜。）

(3) ビールと　ジュースと　どちらが　好きですか。

（啤酒和果汁，喜歡哪一種呢？）

——両方とも　好きです。

（兩種都喜歡。）

(4) 牛肉と　鳥肉と　どちらが　嫌いですか。

（牛肉和雞肉，討厭哪一種呢？）

——どちらも　嫌いです。

（兩種都討厭。）

(5) 金曜日(きんようび)と　土曜日(どようび)と　どちらが　暇(ひま)ですか。

6 — 1:00

（週五和週六，哪一天有空呢？）

——土曜日(どようび)の　方(ほう)です。

（週六比較有空。）

(6) 飛行機(ひこうき)と　電車(でんしゃ)と　船(ふね)と　どれが　一番(いちばん)　速(はや)いですか。

（飛機、電車和船，哪一種速度最快呢？）

——飛行機(ひこうき)が　一番(いちばん)　速(はや)いです。

（飛機速度最快。）

(7) 中国(ちゅうごく)は　日本(にほん)より　大(おお)きいですか。

（中國比日本大嗎？）

——はい、中国(ちゅうごく)は　日本(にほん)より　ずっと　大(おお)きいです。

（是的，中國比日本大多了。）

### 文法重點說明

1. 「**と**」（助詞）表示「選擇比較的對象」。
2. 「**が**」（助詞）表示「選擇比較」，前接「主語」。
3. 「**とも**」（助詞）表示「全面肯定」。
4. 例句 4 中的「**も**」（助詞）前接「疑問詞」，表示「全面肯定」（後接肯定句）。
5. 「**より**」（助詞）表示「比較的基準」。
6. 「**ずっと**」⓪　為「副詞」，表示兩者比較下，有很大差異的樣子。

|  |  |
| --- | --- |
| コーヒー | 3〔名〕〈coffee〉咖啡 |
| 紅茶（こうちゃ） | 0〔名〕紅茶 |
| 方（ほう） | 1〔名〕方面 |
| 蜜柑（みかん） | 1〔名〕柑橘 |
| ジュース | 1〔名〕〈juice〉果汁 |
| 両方（りょうほう） | 3 0〔名〕兩種 |
| 牛肉（ぎゅうにく） | 0〔名〕牛肉 |
| 鳥肉（とりにく） | 0〔名〕雞肉 |
| 中国（ちゅうごく） | 1〔名〕中國 |
| 速い（はやい） | 2〔形〕快的 |
| 遅い（おそい） | 0〔形〕慢的 |

# 28 日本(にほん)で　いつが　一番(いちばん)　寒(さむ)いですか

# （日本最冷是什麼時候呢？）

6—
2:00

(1) 日本(にほん)で　いつが　一番(いちばん)　寒(さむ)いですか。

（日本最冷是什麼時候呢？）

——2月(にがつ)が　一番(いちばん)　寒(さむ)いです。

（二月最冷。）

(2) 果物(くだもの)の　中(なか)で　何(なに)が　一番(いちばん)　好(す)きですか。

（水果中，最喜歡什麼呢？）

——梨(なし)が　一番(いちばん)　好(す)きです。

（最喜歡梨子。）

(3) 食(た)べ物(もの)の　中(なか)で　何(なに)が　一番(いちばん)　嫌(きら)いですか。

（食物中，最討厭什麼呢？）

——豚肉(ぶたにく)が　一番(いちばん)　嫌(きら)いです。

（最討厭吃豬肉。）

(4) スポーツの　中(なか)で　何(なに)が　一番(いちばん)　得意(とくい)ですか。

（運動中，最擅長什麼呢？）

——ピンポンです。

（乒乓球。）

(5) 乗(の)り物(もの)の　中(なか)で　何(なに)が　一番(いちばん)　速(はや)いですか。

（交通工具中，什麼最快呢？）

6 — 2:00

——飛行機(ひこうき)が　一番(いちばん)　速(はや)いです。

（飛機最快。）

(6) クラスの　中(なか)で　誰(だれ)が　一番(いちばん)　若(わか)いですか。

（班上誰最年輕呢？）

——吉井(よしい)さんが　一番(いちばん)　若(わか)いです。

（吉井先生最年輕。）

(7) 旅行(りょこう)で　どこが　一番(いちばん)　良(よ)かったですか。

（旅行中，哪裡覺得最好呢？）

——大阪(おおさか)です。

（大阪。）

文法重點說明

1. 本課句型為：

特定的範圍**で**　比較的對象**が**　比較的內容

2. 「**で**」（助詞）表示「特定的範圍」。

3. 「**が**」（助詞）表示「選擇比較的對象」。

**生字**

| | |
|---|---|
| 梨(なし) | 2 0〔名〕梨子 |
| 食(た)べ物(もの) | 3 2〔名〕食物 |
| 豚肉(ぶたにく) | 0〔名〕豬肉 |
| ピンポン | 1〔名〕〈ping-pong〉乒乓球 |

乗り物（のりもの） 0〔名〕交通工具

クラス 1〔名〕〈class〉班級

部長（ぶちょう） 0〔名〕經理

若い（わかい） 2〔形〕年輕的

# 29 あなたは 何(なに)が 欲(ほ)しいですか

## （你想要什麼呢？）

6—
3:00

(1) あなたは 何(なに)が 欲(ほ)しいですか。

（你想要什麼呢？）

——私(わたし)は ステレオが 欲(ほ)しいです。

（我想要立體音響。）

(2) 何(なに)が 一番(いちばん) 欲(ほ)しいですか。

（最想要什麼呢？）

——自動車(じどうしゃ)が 一番(いちばん) 欲(ほ)しいです。

（最想要車子。）

(3) どんな テレビが 欲(ほ)しいですか。

（想要哪一種電視機呢？）

——大(おお)きい テレビが 欲(ほ)しいです。

（想要大臺電視機。）

(4) 今(いま) 何(なに)が 一番(いちばん) 欲(ほ)しいですか。

（現在最想要什麼呢？）

——家(いえ)が 一番(いちばん) 欲(ほ)しいです。

（最想要房子。）

(5) 時計(とけい)が 欲(ほ)しいですか。

（想要手錶嗎？）

——いいえ、時計(とけい)は　欲(ほ)しくないです。

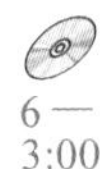
6—
3:00

（不，不想要手錶。）

(6) 友達(ともだち)が　欲(ほ)しいですか。

（想要朋友嗎？）

——いいえ、欲(ほ)しくないです。

（不，不想要。）

文法重點說明

1. 本課句型：

**（主語は）　名詞が　欲(ほ)しい**

**（述語）**

2. 「**が**」（助詞）表示「慾望的對象」。而此類助詞的後面也有可能出現動詞的例子，如：

自転車が　要(い)ります。

（需要腳踏車。）

3. 「**欲しい**」為「形容詞」，「語體、時式」的變化與「形容詞」相同。

## 生字

欲(ほ)しい　2〔形〕想要的

ステレオ　0〔名〕〈stereo〉立體音響

要(い)ります3→　要る　0〔自五〕需要

# 30 何(なに)を　買(か)いたいですか

（你想要買什麼呢？）

6—
3:30

(1) あなたは　何(なに)を　買(か)いたいですか。

（你想要買什麼呢？）

——私(わたし)は　時計(とけい)を　買(か)いたいです。

（我想要買錶。）

(2) 映画(えいが)を　見(み)たいですか。

（想要看電影嗎？）

——いいえ、映画(えいが)は　見(み)たくないです。

（不，不想要看電影。）

(3) 何(なに)を　食(た)べたいですか。

（想要吃什麼呢？）

——おなかが　いっぱいですから　何(なに)も　食(た)べたくないです。

（因為肚子很飽，所以什麼都不想吃。）

(4) 何(なに)を　飲(の)みたいですか。

（想要喝什麼呢？）

——何(なん)でも　いいです。

（什麼都好。）

——何(なに)も　飲(の)みたくないです。

（什麼都不想喝。）

6
3:30

(5) 何(なに)を　したいですか。

（想要做什麼呢？）

——テニスを　したいです。

（想要打網球。）

——何(なに)も　したくないです。

（什麼都不想做。）

(6) 誰(だれ)に　会(あ)いたいですか。

（想要見誰呢？）

——恋人(こいびと)に　会(あ)いたいです。

（想要見情人。）

——誰(だれ)にも　会(あ)いたくないです。

（誰都不想見。）

(7) 友達(ともだち)に　何(なに)を　送(おく)りたいですか。

（想要送朋友什麼呢？）

——お土産(みやげ)です。

（想要送土產。）

(8) どこかへ　行(い)きたいですか。

（有沒有想要去哪裡呢？）

——いいえ、どこも　行(い)きたくないです。

（不，哪裡也不想去。）

(9) ドイツ語(ご)を　勉強(べんきょう)したいですか。

（想要讀德語嗎？）

6 —
3:30

——いいえ、勉強(べんきょう)したくないです。

（不，不想讀德語。）

(10) 田中(たなか)さんと　結婚(けっこん)したいですか。

（想要和田中先生結婚嗎？）

——いいえ、結婚(けっこん)したくないです。

（不，不想和他結婚。）

(11) 疲(つか)れましたね。

（我覺得累了。）

——ええ、ちょっと　休(やす)みたいですね。

（是啊，我也覺得想休息一下。）

(12) 喉(のど)が　渇(かわ)きましたね。

（我口渴了啊。）

——ええ、水(みず)を　飲(の)みたいですね。

（是啊，我也想喝水。）

(13) おなかが　空(す)きましたね。

（我肚子餓了啊。）

——ええ、何(なに)か　食(た)べたいですね。

（是啊，我也想吃點東西。）

## 文法重點説明

1. 本課句型：

（**主語は**）　**目的物を　～たい（です）**
（述語）

※「**を**」（助詞）可代換為「**が**」

2. 「動詞第 2 變化（又稱為：ます形）+**たい**（希望助動詞）」的「否定」表達方式同「形容詞」，舉例如下：

買（か）い**たい**（です）（肯定）
→買い**たくない**（です）（否定）

3. 「～**たい**」是表示「第 1、2 人稱」的希望。
4. 「**も**」（助詞）前接疑問詞，表示「全面否定」（後接否定句）。
5. 「**でも**」（助詞）前接疑問詞，表示「全面肯定」。
6. 例句中的 6、7 的「**に**」（助詞）表示「動作的對象」。如圖所示：

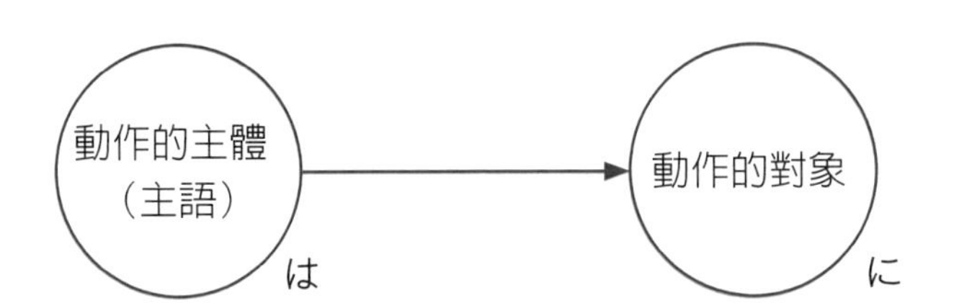


7. 「**ね**」（助詞）表示「感嘆、感動的語氣」。
8. 例句 12、13 中的「**が**」（助詞）表示「生理現象」。
9. 例句 8、13 中的「**か**」（助詞）前接疑問詞，表示「不能確定的事情」。

## 生字

| | |
|---|---|
| おなか | [0]〔名〕肚子 |
| お土産（みやげ） | [0]〔名〕土產 |
| ドイツ語（ご） | [0]〔名〕德語 |
| 喉（のど） | [1]〔名〕喉嚨 |
| 水（みず） | [0]〔名〕水 |
| 会（あ）いたい[3]→ | 会う [1]〔自五〕見面 |
| 送（おく）りたい[4]→ | 送る [0]〔他五〕送 |
| 結婚（けっこん）したい[6]→ | 結婚する [0]〔自する〕結婚 |
| 疲（つか）れました[4]→ | 疲れる [3]〔自下一〕覺得疲勞 |
| 休（やす）みたい[4]→ | 休む [2]〔自五〕休息 |
| 渇（かわ）きました[4]→ | 渇く [2]〔自五〕感到口渴 |
| 空（す）きました[3]→ | 空く [0]〔自五〕肚子餓 |

# 31 日本(にほん)へ　何(なに)を　しに　行(い)きますか
## （要去日本做什麼呢？）

7—
0:00

(1) 日本(にほん)へ　何(なに)を　しに　行(い)きますか。

（要去日本做什麼呢？）

——日本(にほん)へ　遊(あそ)びに　行(い)きます。

（去日本玩。）

(2) あなたは　銀座(ぎんざ)へ　何(なに)を　しに　行(い)きますか。

（你要去銀座做什麼呢？）

——私(わたし)は　映画(えいが)を　見(み)に　行(い)きます。

（我要去看電影。）

(3) デパートへ　何(なに)を　しに　来(き)ますか。

（來百貨公司做什麼呢？）

——服(ふく)を　買(か)いに　来(き)ます。

（來買衣服。）

(4) 銀行(ぎんこう)へ　何(なに)を　しに　来(き)ますか。

（來銀行做什麼呢？）

——お金(かね)を　換(か)えに　来(き)ます。

（來兌換錢。）

7—
0:00

(5) 家（うち）へ　何（なに）を　しに　帰（かえ）りましたか。

（回家做什麼呢？）

——ご飯（はん）を　食（た）べに　帰（かえ）りました。

（回家吃飯。）

(6) 喫茶店（きっさてん）に　何（なに）を　しに　入（はい）りますか。

（要進去咖啡廳做什麼呢？）

——コーヒーを　飲（の）みに　入（はい）ります。

（進去喝咖啡。）

(7) 何（なに）を　しに　出掛（でか）けますか。

（要出門去做什麼呢？）

——友達（ともだち）に　会（あ）いに　出掛（でか）けます。

（去見朋友。）

(8) 何（なに）を　しに　出掛（でか）けましたか。

（出門去做什麼了呢？）

——買物（かいもの）に　出掛（でか）けました。

（出門去買東西了。）

(9) 大阪（おおさか）へ　何（なに）を　しに　行（い）きますか。

（要去大阪做什麼呢？）

——旅行（りょこう）に　行（い）きます。

（要去旅行。）

(10) 昨日（きのう）　公園（こうえん）へ　何（なに）を　しに　来（き）ましたか。

（昨天到公園來做什麼呢？）

——散歩に　来ました。

（來散步。）

7—
0:00

文法重點說明

1. 本課句型類似「第六課」，如下所示：

あなたは　銀座へ　何を　し**に**　行きますか。

（主語）　目的（述語）（移動性動　詞）

2. 「**に**」（助詞）表示「**動作的目的**」，前接動詞第 2 變化（又稱為：**ます形**）（如例句 1～7）或具有「**動作意義的名詞**」（如例句 8、9、10）。

3. 例句 7 的「友達**に**」的「**に**」（助詞）表示「動作的對象」。

## 生字

服（ふく）　2〔名〕衣服

喫茶店（きっさてん）　0 3〔名〕咖啡廳

買物（かいもの）　0〔名〕買東西

遊（あそ）び→　遊ぶ　0〔自五〕遊玩

換（か）え→　換える　0〔他下一〕換

入（はい）ります 4→　入る　1〔自五〕進入

出掛（でか）けます 4→　出掛ける　0〔自下一〕出門

# 32 傘を　貸して　下さい（請借我傘。）

7—
1:00

(1) 傘を　貸しましょうか。

（我借你傘吧！）

——はい、傘を　貸して　下さい。

（好的，請借我傘。）

(2) 住所を　書きましょうか。

（我來寫地址吧！）

——はい、書いて　下さい。

（好的，請寫。）

(3) タクシーを　呼びましょうか。

（我來叫計程車吧！）

——はい、呼んで　下さい。

（好的，請叫計程車。）

(4) 仕事を　手伝いましょうか。

（我來幫你做事吧！）

——はい、手伝って　下さい。

（好的，請幫我。）

(5) いらっしゃいませ。

（歡迎光臨。）

7 —
1:00

——それを　見(み)せて　下(くだ)さい。

（請把那個給我看。）

(6) もう　一度(いちど)　電話番号(でんわばんごう)を　言(い)いましょうか。

（我再說一次電話號碼吧！）

——はい、もう　一度(いちど)　言(い)って　下(くだ)さい。

（好的，請再說一次。）

(7) コピー機(き)の　使(つか)い方(かた)が　分(わ)かりますか。

（你知道影印機的使用方法嗎？）

——いいえ、すみませんが、教(おし)えて　下(くだ)さい。

（不知道。不好意思，請教我。）

(8) 時間(じかん)が　ありませんから、急(いそ)いで　下(くだ)さい。

（因為沒時間了，請快點。）

——ちょっと　待(ま)って　下(くだ)さい。すぐ

行(い)きます。

（請等一下。馬上就去。）

(9) すみませんが、ゆっくり　話(はな)して　下(くだ)さい。

（不好意思，請說慢一點。）

——はい、ゆっくり　話(はな)します。

（好的，我慢慢說。）

(10) 忙(いそが)しいですから、後(あと)で　来(き)て　下(くだ)さい。

（因為我在忙，請稍後再來。）

——はい、又（また）後（あと）で来（き）ます。

（好的，我回頭再來。）

7—1:00

⑾ あさって テストが あります。

（後天有考試。）

——頑張（がんば）って下（くだ）さい。

（請加油。）

文法重點說明

1. 本課句型：

**動詞第 2 變化+て 下（くだ）さい**

（表示請求對方做某事）

此處動詞第 2 變化略稱為：動 2（又稱為：て形）

※此種用法較直接，較委婉的說法可用

「**動 2+て 下さいませんか**」句型，例如：

名前（なまえ）を 書（か）いて 下さいませんか。

（請寫一下名字，好嗎？）

2. 「**五段動詞**」的第 2 變化+「**て**」時，會發生「音便」。

3. 關於動詞的「**變化**」與「**音便**」的細節問題，請參考拙著《日檢 N4、N5 合格，文法完全學會》。

4. **もう**[0]再　「**一度**（いちど）」[3]一次　**ちょっと**[1]稍微

**すぐ**[1]馬上　**ゆっくり**[3]慢慢地

**後で**（あと）[1]稍後　**又**（また）[0]又

以上皆為「副詞（形）」，修飾其後的動詞。

5. 例句 7 中問句的「**が**」（助詞）表示「能力的內容」。答句的「**が**」（助詞）表示「連接前後句，用來展開話題並表示緩和語氣」。

6. 例句 9 的「**が**」（助詞）同例句 7 中答句的「**が**」（助詞）。

## 生字

| | |
|---|---|
| 住所（じゅうしょ） | [1]〔名〕地址 |
| 仕事（しごと） | [0]〔名〕工作 |
| 電話番号（でんわばんごう） | [4]〔名〕電話號碼 |
| コピー機（き） | [2]〔名〕影印機 |
| 使い方（つかいかた） | [0]〔名〕使用方法 |
| あさって | [2]〔名〕後天 |
| テスト | [1]〔名〕〈test〉測驗 |
| 名前（なまえ） | [0]〔名〕名字 |

| | |
|---|---|
| 呼（よ）びましょう[3]→ | 呼ぶ　[0]〔他五〕呼叫 |
| 手伝（てつだ）いましょう[5]→ | 手伝う　[3]〔他五〕幫忙 |
| 見（み）せて[1]→ | 見せる　[2]〔他下一〕給人看 |
| 言（い）いましょう[3]→ | 言う　[0]〔他五〕說 |
| 分（わ）かります[4]→ | 分（わ）かる　[2]〔自五〕了解 |
| 急（いそ）いで[2]→ | 急ぐ　[2]〔自他五〕急 |
| 待（ま）って[1]→ | 待つ　[1]〔他五〕等待 |
| 話（はな）して[2]→ | 話す　[2]〔他五〕說話 |
| 頑張（がんば）って[3]→ | 頑張る　[3]〔自五〕努力，加油 |

# 33 今　何を　して　いますか
（現在正在做什麼呢？）

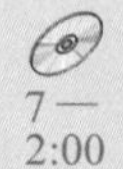

7—
2:00

(1) 今　何を　して　いますか。

（現在正在做什麼呢？）

——ご飯を　食べて　います。

（正在吃飯。）

(2) あなたは　今　何を　して　いますか。

（你現在正在做什麼呢？）

——ジュースを　飲んで　います。

（正在喝果汁。）

(3) あの　人は　今　何を　して　いますか。

（那個人現在正在做什麼呢？）

——本を　読んで　います。

（正在看書。）

(4) 中野さんは　今　何を　して　いますか。

（中野先生現在正在做什麼呢？）

——電話を　掛けて　います。

（正在打電話。）

(5) お父さんは　今　何を　して　いますか。

（爸爸現在正在做什麼呢？）

7 —
2:00

——テレビを　見(み)て　います。

（正在看電視。）

(6) 木村(きむら)さんは　今(いま)　何(なに)を　して　いますか。

（木村先生現在正在做什麼呢？）

——音楽(おんがく)を　聞(き)いて　います。

（正在聽音樂。）

(7) 誰(だれ)と　話(はな)して　いますか。

（正在和誰說話呢？）

——先生(せんせい)と　話(はな)して　います。

（正在和老師說話。）

(8) 子供(こども)は　野球(やきゅう)を　して　いますか。

（小孩子正在打棒球嗎？）

——いいえ、宿題(しゅくだい)を　して　います。

（不，正在寫作業。）

(9) 吉田(よしだ)さんは　たばこを　吸(す)って　いますか。

（吉田先生正在抽菸嗎？）

——いいえ、吸(す)って　いません。

（不，沒在抽菸。）

(10) 今(いま)　雨(あめ)が　降(ふ)って　いますか。

（現在正在下雨嗎？）

——いいえ、降(ふ)って　いません。

（不，沒下雨。）

## 文法重點說明

1. 本課句型：

（**主語は**）　**動2+ています**

（**述語**）（表示動作正在進行）

※「動2」是表示「動詞第2變化」，又稱為：「**て**形」

2. 例句10中的「**が**」（助詞）「**表示自然現象**」。

## 生字

| | |
|---|---|
| お父（とう）さん | 2〔名〕父親 |
| お母（かあ）さん | 2〔名〕母親 |
| 両親（りょうしん） | 1〔名〕雙親 |
| 夫（おっと） | 0〔名〕丈夫 |
| 妻（つま） | 1〔名〕妻子 |
| お兄（にい）さん | 2〔名〕哥哥 |
| お姉（ねえ）さん | 2〔名〕姊姊 |
| 兄（あに） | 1〔名〕家兄 |
| 姉（あね） | 0〔名〕家姊 |
| 降（ふ）って1→ | 降る　1〔自五〕下雨 |

# 34 この　本（ほん）を　借（か）りても　いいですか
（可以借這本書嗎？）

7—
3:00

(1) この　本（ほん）を　借（か）りても　いいですか。

（可以借這本書嗎？）

——はい、いいです。

（是的，可以。）

(2) ここに　座（すわ）っても　いいですか。

（可以坐這裡嗎？）

——ええ、座（すわ）っても　いいですよ。

（嗯，可以坐啊！）

(3) 部屋（へや）に　入（はい）っても　いいですか。

（可以進房間嗎？）

——はい、どうぞ。

（可以，請進。）

(4) ここに　箱（はこ）を　置（お）いても　いいですか。

（可以把箱子放在這裡嗎？）

——はい、置（お）いても　いいです。

（好，可以放。）

(5) この　電話（でんわ）を　使（つか）っても　いいですか。

（可以用這支電話嗎？）

7—
3:00

——はい、どうぞ　使(つか)って　下(くだ)さい。

（可以，請用。）

(6) 熱(ねつ)が　ありますから、家(うち)へ　帰(かえ)っても　いいですか。

（因為我在發燒，可以回家嗎？）

——はい、どうぞ　帰(かえ)って　下(くだ)さい。

（好的，請回家。）

(7) ここで　たばこを　吸(す)っても　いいですか。

（可以在這裡抽菸嗎？）

——いいえ、たばこを　吸(す)っては　いけません。

禁煙(きんえん)ですから。

（不，不可以抽菸。因為禁止吸菸。）

(8) 鉛筆(えんぴつ)で　書(か)いても　いいですか。

（可以用鉛筆寫嗎？）

——いいえ、鉛筆(えんぴつ)で　書(か)いては　いけません。

（不，不可以用鉛筆寫。）

(9) テレビを　つけても　いいですか。

（可以開電視嗎？）

——すみません。今(いま)　勉強(べんきょう)して　いますから。

（不好意思。因為我正在讀書，請別開。）

(10) 窓(まど)を　開(あ)けても　いいですか。

（可以開窗戶嗎？）

——すみません。寒(さむ)いですから。

（不好意思。因為冷的關係，請別開。）

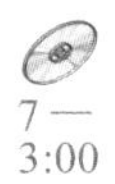


文法重點說明

1. 本課句型：

(1)動 2+ても　いい（です）

（表示可以做某動作）

(2)動 2+ては　いけません

（表示不可以做某動作）

※「動 2」是表示「動詞第 2 變化」，又稱為：「**て**形」

2. 例句 2、4 中的「**に**」（助詞）表示「靜態的場所」。

3. 例句 3 中的「**に**」（助詞）表示「動作的到達點」。如圖所示：

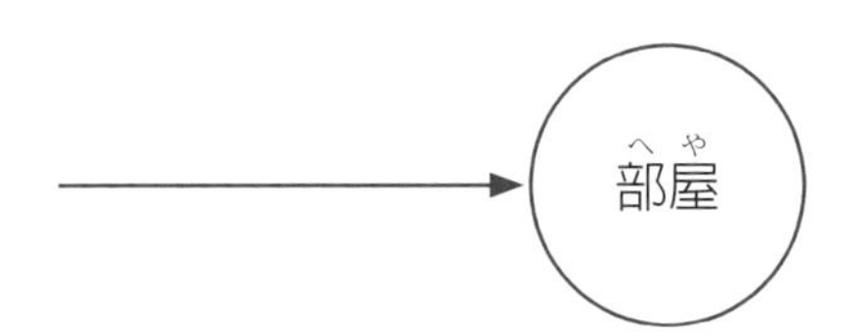


4. 例句 6 中的「**が**」（助詞）表示「生理現象」。

5. 例句 7 中的「**で**」（助詞）表示「場所」。

6. 例句 8 中的「**で**」（助詞）表示「憑藉的工具」。

7. 「**から**」（助詞）表示「原因」。

## 生字

窓（まど） 1〔名〕窗戶

禁煙（きんえん） 0〔名〕禁止吸菸

座（すわ）っても4→ 座る 0〔自五〕坐

入（はい）っても1→ 入る 1〔自五〕進入

置（お）いても3→ 置く 0〔他五〕放置

使（つか）っても4→ 使う 0〔他五〕使用

つけても3→ つける 2〔他下一〕開電視等

開（あ）けても3→ 開ける 0〔他下一〕打開

# 35 どこに　住(す)んで　いますか
## （住在哪裡呢？）

7—
4:00

(1) どこに　住(す)んで　いますか。

（住在哪裡呢？）

——広島(ひろしま)に　住(す)んで　います。

（住在廣島。）

(2) カメラを　持(も)って　いますか。

（你有照相機嗎？）

——はい、持(も)って　います。

（是的，我有。）

——いいえ、持(も)って　いません。

（不，我沒有。）

(3) あなたは　結婚(けっこん)して　いますか。

（你結婚了嗎？）

——いいえ、結婚(けっこん)して　いません。独身(どくしん)です。

（不，還沒結婚。我是單身。）

(4) 寮(りょう)の　電話番号(でんわばんごう)を　知(し)って　いますか。

（你知道宿舍的電話號碼嗎？）

——はい、知(し)って　います。

（是的，我知道。）

7—
4:00

——いいえ、知(し)りません。

（不，我不知道。）

(5) 花(はな)が　咲(さ)いて　いますか。

（花開了嗎？）

——いいえ、咲(さ)いて　いません。

（不，沒開。）

(6) あなたは　どこで　働(はたら)いて　いますか。

（你在哪裡工作呢？）

——銀行(ぎんこう)で　働(はたら)いて　います。

（在銀行工作。）

(7) あの　先生(せんせい)は　中学(ちゅうがく)で　何(なに)を　教(おし)えて　いますか。

（那個老師在中學教什麼課程呢？）

——国語(こくご)を　教(おし)えて　います。

（教國語。）

(8) あの　人(ひと)は　大学(だいがく)で　何(なに)を　勉強(べんきょう)して　いますか。

（那個人在大學學什麼呢？）

——建築(けんちく)を　勉強(べんきょう)して　います。

（學建築。）

(9) どこで　電気製品(でんきせいひん)を　売(う)って　いますか。

（哪裡有賣家電產品呢？）

——秋葉原(あきはばら)で　売(う)って　います。

（在秋葉原有賣。）

⑽ その　工場(こうじょう)は　何(なに)を　作(つく)って　いますか。

7—
4:00

（那間工廠生產什麼呢？）

——クーラーを　作(つく)って　います。

（生產冷氣機。）

## 文法重點說明

1. 本課句型：

**動 2 + ています**

此句型表示：

⑴「**動作發生後的存續狀態**」，如例句 1～5。

⑵「**長久、重複、習慣性的動作**」，如例句 6～10。

※「**動 2**」為「動詞」第 2 變化的略稱，又稱為：「**て形**」

2.「知(し)って　います」的否定句為「**知(し)りません**」，

不可使用（×）「知っていません」。

3. 例句 1 中的「**に**」表示場所，後接「靜態性動詞」如：

「住(す)む」「ある」「いる」「置(お)く」「座(すわ)る」…，可參考第「19」「20」課（文法重點說明）表示場所的「**に**」。

4. 例句 6、7、8 中的「**で**」（助詞）表示「場所」，後接「動態性動詞」，即具有「動作性動詞」，可參考第「8」課（文法重點說明）表示「場所」的「**で**」（助詞）。

## 生字

独身(どくしん)　0〔名〕單身

中学(ちゅうがく)　1〔名〕中學

国語（こくご）　0〔名〕國語

大学（だいがく）　0〔名〕大學

建築（けんちく）　0〔名〕建築

電気製品（でんきせいひん）　4〔名〕電器產品

クーラー　1〔名〕〈cooler〉冷氣機

住（す）んで1 →　住む　1〔自五〕居住

持（も）って1 →　持つ　1〔他五〕持有

知（し）って0 →　知る　0〔他五〕知道

咲（さ）いて0 →　咲く　0〔自五〕花開

売（う）って0 →　売る　0〔他五〕賣

作（つく）って2 →　作る　2〔他五〕做

# 36 朝(あさ)　起(お)きて、何(なに)を　しますか

（早上起床後做什麼呢？）

8—
0:00

(1) 朝(あさ)　起(お)きて、何(なに)を　しますか。

（早上起床後做什麼呢？）

——歯(は)を　磨(みが)いて、顔(かお)を　洗(あら)います。

（刷牙、洗臉。）

(2) あなたは　顔(かお)を　洗(あら)って、何(なに)を　しますか。

（你洗臉後做什麼呢？）

——私(わたし)は　ご飯(はん)を　食(た)べて、会社(かいしゃ)へ　行(い)きます。

（我吃過飯後，去公司上班。）

(3) 田中(たなか)さんは　仕事(しごと)が　終(お)わって、何(なに)を　しますか。

（田中先生工作結束後都做什麼呢？）

——家(うち)へ　帰(かえ)って、晩(ばん)ご飯(はん)を　食(た)べます。

（回家吃晚飯。）

(4) 昨日(きのう)　何(なに)を　しましたか。

（昨天做了什麼呢？）

——友達(ともだち)に　会(あ)って、映画(えいが)を　見(み)ました。

（和朋友見面，然後看了電影。）

(5) 先週(せんしゅう)　何(なに)を　しましたか。

（上禮拜做了什麼呢？）

——日本(にほん)へ　行(い)って、写真(しゃしん)を　撮(と)りに　行(い)きました。

8 — 0:00

（到日本拍照去了。）

(6) 寮(りょう)へ　帰(かえ)って、何(なに)を　しますか。

（回到宿舍後做什麼呢？）

——レポートを　書(か)いて、テープを　聞(き)いて、少(すこ)し休(やす)みます。

（寫報告，聽錄音帶，然後休息一下。）

(7) 昨日(きのう)の　晩(ばん)　何(なに)を　しましたか。

（昨晚做了什麼呢？）

——デパートへ　行(い)って、買物(かいもの)して、それからバスで　帰(かえ)りました。

（去百貨公司購物，然後搭公車回家了。）

(8) 今朝(けさ)　会社(かいしゃ)へ　行(い)って　何(なに)を　しましたか。

（今天早上去公司做了什麼呢？）

——仕事(しごと)を　して、会社(かいしゃ)の　人(ひと)と　話(はな)して、それからお客様(きゃくさま)に　電話(でんわ)を　掛(か)けました。

（做事情，和公司的人說話，然後打電話給客戶。）

### 文法重點說明

1. 本課句型：

**（主語は）　動2+て、（動2+て）、動詞。**

**（述語1）（述語2）（述語3）**

※動 2 是指動詞第 2 變化，又稱為：**て**形

2. 「**動 2 + て**」是表示「做過某個動作之後」。

3. 本課句型的「時態、語體」是由「最後一個動詞」來決定。如例句 1 中的「何を　しますか」為「平常的習慣」（即無時間限制的時態）「敬體」。例句 4 的「映画を　見ました」為「過去式」「敬體」。

## 生字

| | |
|---|---|
| 歯（は） | 1〔名〕牙齒 |
| 顔（かお） | 0〔名〕臉 |
| テープ | 1〔名〕〈tape〉錄音帶 |
| お客様（きゃくさま） | 5〔名〕客戶 |
| それから | 0〔接〕然後 |
| 磨いて（みが）0 → | 磨く 0〔他五〕刷牙 |
| 洗います（あら）4 → | 洗う 0〔他五〕洗 |

# 37 退社(たいしゃ)してから、何(なに)を　しますか
（下班後要做什麼呢？）

8—1:10

(1) 退社(たいしゃ)してから、何(なに)を　しますか。

（下班後要做什麼呢？）

——退社(たいしゃ)してから、家(うち)へ　帰(かえ)ります。

（下班後要回家。）

(2) あなたは　毎朝(まいあさ)　起(お)きてから、何(なに)を　しますか。

（你每天早上起床後都做什麼呢？）

——起(お)きてから、顔(かお)を　洗(あら)います。

（起床後就洗臉。）

(3) シャワーを　浴(あ)びてから、何(なに)を　しますか。

（洗完澡後做什麼呢？）

——すぐ　寝(ね)ます。

（馬上睡覺。）

(4) 食事(しょくじ)してから、何(なに)を　しますか。

（吃過飯後做什麼呢？）

——テレビを　見(み)て、音楽(おんがく)を　聞(き)きます。

（看電視，聽音樂。）

(5) 日本語(にほんご)を　習(なら)ってから、何(なに)を　しましたか。

（學習日語後做了什麼呢？）

——日本(にほん)へ　行(い)きました。

（去日本了。）

8—1:10

(6) 加藤(かとう)さんは　国(くに)へ　帰(かえ)ってから、何(なに)を　しましたか。

（加藤先生回國後做了什麼呢？）

——結婚(けっこん)してから、就職(しゅうしょく)しました。

（結婚，就業。）

(7) 電車(でんしゃ)を　降(お)りてから　学校(がっこう)まで　どのぐらい歩(ある)きますか。

（下電車後，走到學校需要多久的時間呢？）

——5(ご)分ぐらいです。

（5分鐘左右。）

### 文法重點說明

1. 本課句型：

**動2＋てから**

（表示某個動作完成之後）

動2 ＝ 動詞第2變化（又稱為：**て**形）

2. 例句7中的「**を**」（助詞）表示「動作的起點」，後「接脫離性質的自動詞（**降(お)りる**）」。類似的句子尚有：

部屋(へや)を　出(で)ます。

（離開房間。）

如圖所示：

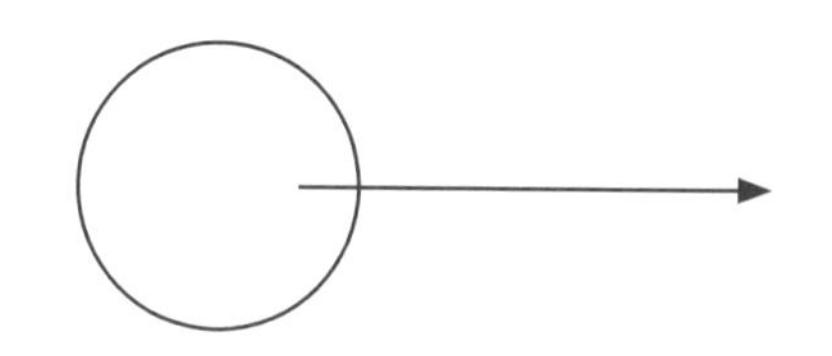

## 生字

シャワー　1〔名〕〈shower〉淋浴

退社(たいしゃ)して0→　退社する　0〔自する〕下班

浴(あ)びて0→　浴びる　0〔他上一〕淋浴

食事(しょくじ)して0→　食事する　0〔自する〕吃飯

就職(しゅうしょく)します6→　就職する　0〔自する〕就業

降(お)りて1→　降りる　2〔自上一〕下（車）

歩(ある)きます4→　歩く　2〔自五〕走路

出(で)ます2→　出る　1〔自下一〕出去

# 38 あの　人(ひと)は　若(わか)くて、美(うつく)しい　人(ひと)です

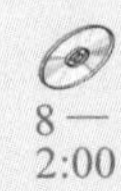
8 —
2:00

**（那個人既年輕又漂亮。）**

(1) あの　人(ひと)は　どんな　人(ひと)ですか。

（那個人是個怎樣的人呢？）

——あの　人(ひと)は　若(わか)くて、美(うつく)しい　人(ひと)です。

（那個人既年輕又漂亮。）

(2) あの　店(みせ)は　どうですか。

（那家店怎麼樣呢？）

——おいしくて、安(やす)いです。

（好吃而且又便宜。）

(3) 山本(やまもと)さんは　どの　人(ひと)ですか。

（山本小姐是哪一個人呢？）

——髪(かみ)が　長(なが)くて、背(せ)が　高(たか)い　人(ひと)です。

（是長頭髮且高個子的那個人。）

(4) その　カメラは　どうですか。

（那臺照相機怎麼樣呢？）

——小(ちい)さくて、軽(かる)いです。

（既小又輕。）

(5) 講義(こうぎ)は　どうですか。

（上課覺得怎麼樣呢？）

——おもしろくて、いいです。

（既有趣又好。）

(6) 富士山（ふじさん）は　どんな　山（やま）ですか。

（富士山是怎樣的山呢？）

——高（たか）くて、大（おお）きいです。

（既高且又大）。

(7) その　本屋（ほんや）は　どうですか。

（那家書店怎麼樣呢？）

——新（あたら）しくて、よいです。

（既新又好。）

(8) あの　建物（たてもの）は　どうですか。

（那棟建築物怎麼樣呢？）

——古（ふる）くて、暗（くら）いです。

（既舊且又陰暗。）

(9) あなたの　部屋（へや）は　どうですか。

（你的房間怎麼樣呢？）

——広（ひろ）くて、明（あか）るいです。

（即寬大又明亮。）

(10) 昨日（きのう）の　パーティーは　どうでしたか。

（昨天的舞會怎麼樣呢？）

——人（ひと）が　多（おお）くて、楽（たの）しかったです。

（人很多，而且愉快。）

## 文法重點說明

1. 本課句型：

（**主語は**）　**形2（ーく）+て**、**形容詞**

（**述語1**）　（**述語2**）

※「**形 2**」是表示形容詞第 2 變化。

2. 形 2（ーく）中的「ー」是指形容詞的「**詞幹**」，例如：

**若い**（わか）→　形容詞**原形**

**若**（わか）　→　形容詞**詞幹**

**若く**→　**形 2**

3. 「**形 2（ーく）+て**」也可以出現兩次以上，表示述語的連續敘述。

4. 述語 2 的詞性也可以使用其他詞性（形容動詞等）。

5. 本課句型的「時態、語體」是由「句尾」來決定。如例句 2 的答句為「現在式」「敬體」。例句 10 的答句為「過去式」「敬體」。

## 生字

体（からだ）　0〔名〕身體

口（くち）　0〔名〕嘴巴

目（め）　1〔名〕眼睛

耳（みみ）　2〔名〕耳朵

鼻（はな）　0〔名〕鼻子

手（て）　1〔名〕手

足（あし） 2〔名〕腳

髪（かみ） 2〔名〕頭髮

背（せ） 1〔名〕身高

本屋（ほんや） 1〔名〕書店

美しい（うつくしい） 4〔形〕美麗的

軽い（かるい） 0〔形〕輕的

重い（おもい） 0〔形〕重的

暗い（くらい） 0〔形〕暗的

明るい（あかるい） 0〔形〕明亮的

短い（みじかい） 3〔形〕短的

狭い（せまい） 2〔形〕狹窄的

長くて（ながくて）→　長い 2〔形〕長的

広くて（ひろくて）→　広い 2〔形〕寬的

# 39 京都(きょうと)は　静(しず)かで、奇麗(きれい)です
（京都是既安靜而且又美麗。）

8—
3:00

(1) 京都(きょうと)は　どうですか。

（覺得京都如何呢？）

——京都(きょうと)は　静(しず)かで、奇麗(きれい)です。

（京都是既安靜而且又美麗。）

(2) あの　人(ひと)は　どんな　人(ひと)ですか。

（那個人是個怎樣的人呢？）

——親切(しんせつ)で、頭(あたま)が　いいです。

（親切，而且頭腦又好。）

(3) 東京(とうきょう)は　どんな　町(まち)ですか。

（東京是怎樣的城市呢？）

——賑(にぎ)やかで、人(ひと)が　多(おお)いです。

（又熱鬧而且人又多。）

(4) あの　先生(せんせい)は　どうですか。

（那個老師怎樣呢？）

——立派(りっぱ)で、有名(ゆうめい)です。

（了不起而且有名。）

(5) 中村(なかむら)さんは　どんな　人(ひと)ですか。

（中村先生是怎樣的人呢？）

8—
3:00

——元気(げんき)で、真面目(まじめ)な　人(ひと)です。

（健康而認真踏實的人。）

(6) 田中(たなか)さんは　どの　人(ひと)ですか。

（田中先生是哪個人呢？）

——あの　ダンスが　上手(じょうず)で、背(せ)が　高(たか)い人(ひと)です。

（是那個很會跳舞，長得又高的人。）



## 文法重點說明

1. 本課句型：

（**主語は**）　<u>**形動 2**</u>　<u>**其他詞性**</u>

**（述語 1）**　**（述語2）**

※「**形動 2**」是表示「形容動詞第 2 變化」。本課是以「**詞幹+**で」形態出現。

2. 形容動詞的說明，請參照「第13課」的文法重點說明。

3. 「形容動詞＋で」的「語體、時態」由「句尾」來決定，同形容詞（——く+て）的模式。

## 生字

頭(あたま)　[3]〔名〕頭

少(すく)ない　[3]〔形〕少的

低(ひく)い　[2]〔形〕矮的，低的

## 40 たばこを　吸(す)わないで　下(くだ)さい

（請不要吸菸。）

8—
3:50

(1) たばこを　吸(す)っても　いいですか。

（可以吸菸嗎？）

——いいえ、吸(す)わないで　下(くだ)さい。

（不，請不要吸菸。）

(2) お酒(さけ)を　飲(の)んでも　いいですか。

（可以喝酒嗎？）

——いいえ、飲(の)まないで　下(くだ)さい。

（不，請不要喝。）

(3) 日本語(にほんご)で　話(はな)しても　いいですか。

（可以用日語說嗎？）

——いいえ、話(はな)さないで　下(くだ)さい。

（不，請不要說日語。）

(4) ここに　車(くるま)を　止(と)めても　いいですか。

（可以把車停在這裡嗎？）

——いいえ、止(と)めないで　下(くだ)さい。

（不，請不要停在這裡。）

(5) ここで　写真(しゃしん)を　撮(と)っても　いいですか。

（可以在這裡照相嗎？）

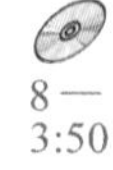

8—
3:50

——いいえ、撮らないで　下さい。

（不，請不要照相。）

(6) お茶に　砂糖を　入れましょうか。

（茶裡加糖吧！）

——いいえ、入れないで　下さい。

（不，請不要加。）

(7) それに　触らないで　下さい。

（請不要觸摸那個。）

——はい、分かりました。

（好，我知道了。）

(8) そこへ　行きましょう。

（到那裡去吧！）

——いいえ、危ないですから、そこへ　行かないで下さい。

（不，因為危險，請不要去那裡。）

(9) ドアを　閉めても　いいですか。

（可以關門嗎？）

——いいえ、暑いですから、閉めないで　下さい。

（不，因為熱，請不要關。）

(10) それは　大切な　パスポートです。

ですから　無くさないで　下さい。

（因為那是重要的護照，因此請不要弄丟了。）

——はい、分(わ)かりました。気(き)を　つけます。

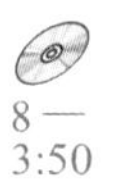
8 —
3:50

（好的，了解了。我會小心。）

⑾ 荷物(にもつ)を　忘(わす)れないで　下(くだ)さい。

（請不要忘了拿行李。）

——はい。

（好的。）

文法重點說明

1. 本課句型：

**動 1+ないで　下(くだ)さい**

（表示請求對方不要做某事）

※「動 1」是表示「動詞第 1 變化」，又稱為「**ない**形」

2. 例句 3 的「**で**」（助詞）表示「憑藉的方法」。

3. 例句 4 的「**に**」（助詞）表示「場所」。

4. 例句 5 的「**で**」（助詞）表示「場所」，後接「動態性動詞」。

5. 例句 6、7 的「**に**」（助詞）表示「動作的到達點」。

6. 「**動1+ない**」可表示「**常體否定句**」，例如：

**行(い)かない**（不去。）

7. 「常體」是指不需要表示恭敬或客氣的語體，常用於「熟人之間」或「上輩對下輩說話時」。

## 生字

砂糖（さとう） 2〔名〕糖

危ない（あぶない） 0〔形〕危險的

ドア 1〔名〕〈door〉門

大切（たいせつ） 0〔形動〕重要

パスポート 3〔名〕〈passport〉護照

ですから 1〔接〕因此

止めても（とめても） 3→ 止める 0〔他下一〕停

入れましょう（いれましょう） 3→ 入れる 0〔他下一〕放入

触らないで（さわらないで） 0→ 触る 0〔自五〕觸摸

閉めても（しめても） 1→ 閉める 2〔他下一〕關閉

無くさないで（なくさないで） 0→ 無くす 0〔他五〕丟失

気を　つけます（きを　つけます）→ 気を　つける（小心。注意）

忘れます（わすれます） 4→ 忘れる 0〔他下一〕忘記

# 41 毎日　会社へ　行かなければ　なりませんか

（每天都要上班嗎？）

(1) 毎日　会社へ　行かなければ　なりませんか。

（每天都要上班嗎？）

——はい、行かなければ　なりません。

（是的，每天都要。）

(2) 薬を　飲まなければ　なりませんか。

（一定要吃藥嗎？）

——はい、そうです。

（是的，一定要吃。）

(3) ドイツに　どのぐらい　いなければなりませんか。

（必須待在德國多久呢？）

——三か月です。

（三個月。）

(4) 何時までに　帰らなければ　なりませんか。

（幾點以前必須回去呢？）

——十時までに　帰らなければ　なりません。

（十點以前必須回去。）

(5) いつまでに　お金を　返さなければ　なりませんか。

（什麼時候之前必須還錢呢？）

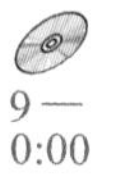
9 —
0:00

——来月(らいげつ)までに　お金(かね)を　返(かえ)さなければ　なりません。

（下個月以前必須還錢。）

(6) 明日(あした)　勉強(べんきょう)しなければ　なりませんか。

（明天一定要讀書嗎？）

——いいえ、勉強(べんきょう)しなくても　いいです。

（不，不讀書也沒關係。）

(7) 靴(くつ)を　脱(ぬ)がなければ　なりませんか。

（一定要脫鞋嗎？）

——いいえ、脱(ぬ)がなくても　いいです。

（不，不脫也沒關係）

(8) 午後(ごご)　来(こ)なければ　なりませんか。

（下午一定要來嗎？）

——いいえ、来(こ)なくても　いいです。

（不，不來也沒關係。）

(9) 休(やす)みの　日(ひ)に　働(はたら)かなければ　なりませんか。

（假日時必須工作嗎？）

——いいえ、働(はたら)かなくても　いいです。

（不，不工作也沒關係。）

(10) 毎日(まいにち)　宿題(しゅくだい)を　出(だ)さなければ　なりませんか。

（每天必須交作業嗎？）

——いいえ、毎日(まいにち)　出(だ)さなくても　いいです。

（不，不必每天交。）

## 文法重點說明

1. 本課句型：

   (1)**動 1+なければ　なりません**

   （表示必須做某動作）

   (2)**動 1+なくても　いい（です）**

   （表示可以不做某動作）

※「動1」是表示「動詞第 1 變化」。又稱為：「**ない**形」

2. 「**までに**」（助詞）是指「某動作在某一時間之前發生」。如圖所示：

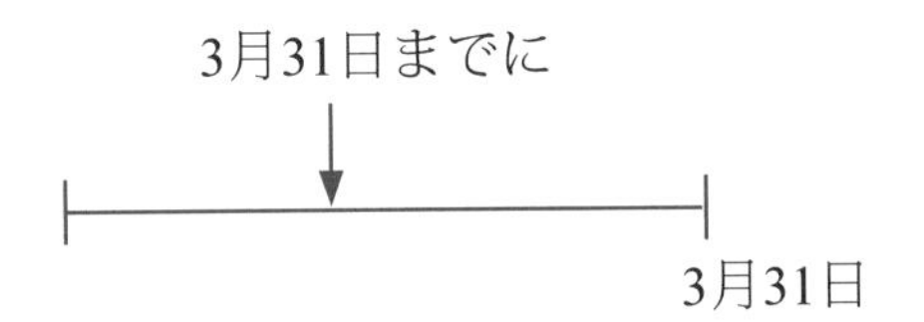


3. 例句 3 的「**に**」（助詞）表示「場所」。例句 9 的「**に**」（助詞）表示「時間」。

## 生字

来月（らいげつ）　1〔名〕下個月

ドイツ　1〔名〕〈Deutschland〉德國

日（ひ）　1〔名〕日子

なりません　4→　なる　1〔自五〕完成。變成

返（かえ）さなければ　4→　返す　1〔他五〕歸還

脱（ぬ）がなければ　3→　脱ぐ　1〔他五〕脱掉

出（だ）さなければ　3→　出す　1〔他五〕提出

9—
1:20

# 42 あなたは　スキーが　できますか
## （你會滑雪嗎？）

(1) あなたは　スキーが　できますか。

（你會滑雪嗎？）

——はい、私（わたし）は　スキーが　できます。

（是的，我會滑雪。）

(2) テニスが　できますか。

（會打網球嗎？）

——いいえ、テニスが　できません。

（不，不會打網球。）

(3) あの　人（ひと）は　ダンスが　できますか。

（那個人會跳舞嗎？）

——はい、大変（たいへん）　上手（じょうず）です。

（是的，跳得非常好。）

(4) 中村（なかむら）さんは　車（くるま）の　運転（うんてん）が　できますか。

（中村先生會開車嗎？）

——はい、少（すこ）し　できます。

（是的，會一點。）

(5) 英語（えいご）が　できますか。

（會英語嗎？）

9—
1:20

——はい。でも　まだ　下手（へた）です。

（會。但是還不太好。）

(6) タイプが　できますか。

（會打字嗎？）

——はい、できます。でも　あまり　上手（じょうず）では

ありません。

（是的，我會打字。但打得不太好。）

(7) テレビの　修理（しゅうり）が　できますか。

（會修理電視嗎？）

——いいえ、全然（ぜんぜん）　できません。

（不，完全不會。）

## 文法重點說明

1. 本課句型：

（**主語は**）　**名詞が　能力性動詞**

（**述語**）

2. 「**が**」（助詞）表示「能力的內容」。

3. 能力性動詞常見的尚有「分（わ）かります」，例如：

話（はなし）は　だいたい　分（わ）かります。

（話大致上都能懂。）

## 生字

| | |
|---|---|
| スキー | 2〔名〕〈ski〉滑雪 |
| 運転（うんてん） | 0〔名〕開車。操縱 |
| でも | 1〔接〕可是 |
| タイプ | 1〔名〕〈type〉打字 |
| 修理（しゅうり） | 1〔名〕修理 |
| 話（はなし） | 3〔名〕談話 |
| だいたい | 0〔副詞〕大致 |
| できます | 3→　できる　2〔自上一〕能。會 |
| 分（わ）かります | 4→　分（わ）かる　2〔自五〕懂 |

# 43 日本語(にほんご)を　話(はな)す　ことが　できますか

（會說日語嗎？）

9—
2:00

(1) 日本語(にほんご)を　話(はな)す　ことが　できますか。

（會說日語嗎？）

——はい、日本語(にほんご)を　話(はな)す　ことが　できます。

（是的，會說日語。）

(2) はしで　ご飯(はん)を　食(た)べる　ことが　できますか。

（會用筷子吃飯嗎？）

——はい、私(わたし)は　できます。

（是的，我會。）

(3) 日本(にほん)の　歌(うた)を　歌(うた)う　ことが　できますか。

（會唱日文歌嗎？）

——いいえ、できません。

（不，不會唱日文歌。）

(4) タクシーを　呼(よ)ぶ　ことが　できますか。

（會叫計程車嗎？）

——いいえ、呼(よ)ぶ　ことが　できません。

（不，不會。）

(5) 国際電話(こくさいでんわ)を　掛(か)ける　ことが　できますか。

（會打國際電話嗎？）

9—2:00

——いいえ。

（不會。）

(6) ピアノを　弾(ひ)く　ことが　できますか。

（會彈鋼琴嗎？）

——いいえ、できません。

（不，不會。）

(7) カメラの　故障(こしょう)を　直(なお)す　ことが　できますか。

（相機故障會修理嗎？）

——いいえ、全然(ぜんぜん)　できません。

（不，完全不會。）



文法重點說明

1.本課句型：

（**主語は**）　**動 4 +ことが　できます**。

**述語**（表示具有某種能力）

※「**動 4**」是表示「動詞第 4 變化」。又稱為：「連體形」，即當成「連接名詞的型態」，目的在「修飾名詞」。

2.「**動 4**」與「**動 3**（動詞原形）」相同。

## 生字

こと　2〔名〕事情

国際電話(こくさいでんわ)　5〔名〕國際電話

ピアノ　0〔名〕〈piano〉鋼琴

故障（こしょう） 0〔名〕故障

歌う（うたう） 0〔他五〕唱歌

弾く（ひく） 0〔他五〕彈琴

直す（なおす） 2〔他五〕修正。修理

# 44 趣味(しゅみ)は　何(なん)ですか

（你的興趣是什麼呢？）

9—
3:00

(1) 趣味(しゅみ)は　何(なん)ですか。

（你的興趣是什麼呢？）

——私(わたし)の　趣味(しゅみ)は　音楽(おんがく)を　聞(き)く　ことです。

（我的興趣是聽音樂。）

(2) 趣味(しゅみ)は　何(なん)ですか。

（你的興趣是什麼呢？）

——本(ほん)を　読(よ)む　ことです。

（看書。）

(3) 趣味(しゅみ)は　何(なん)ですか。

（你的興趣是什麼呢？）

——映画(えいが)を　見(み)る　ことです。

（看電影。）

(4) 趣味(しゅみ)は　何(なん)ですか。

（你的興趣是什麼呢？）

——ピアノを　弾(ひ)く　ことです。

（彈鋼琴。）

(5) 趣味(しゅみ)は　何(なん)ですか。

（你的興趣是什麼呢？）

9 — 3:00

——絵(え)を　書(か)く　ことです。

（繪畫。）

(6) 趣味(しゅみ)は　何(なん)ですか。

（你的興趣是什麼呢？）

——泳(およ)ぐ　ことです。

（游泳。）

文法重點說明

本課句型：

**動 4 + こと**

（表示興趣的內容）

※「動 4」的說明請參照前一課的文法重點說明

生字

趣味(しゅみ)　1〔名〕興趣。嗜好

泳(およ)ぐ　2〔自五〕游泳

# 45 寝(ね)る 前(まえ)に 何(なに)を しますか

（睡覺前做什麼呢？）

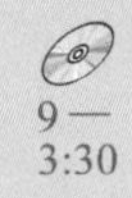

9—
3:30

(1) 寝(ね)る 前(まえ)に、何(なに)を しますか。

（睡覺前做什麼呢？）

——寝(ね)る 前(まえ)に、風呂(ふろ)に 入(はい)ります。

（睡覺前洗澡。）

(2) あなたは 昼(ひる)ご飯(はん)を 食(た)べる 前(まえ)に、何(なに)を しますか。

（你吃午飯前做什麼呢？）

——仕事(しごと)を します。

（工作。）

(3) 外国(がいこく)へ 行(い)く 前(まえ)に、何(なに)を しますか。

（出國前做什麼呢？）

——パスポートを 準備(じゅんび)します。

（準備護照。）

(4) 食事(しょくじ)する 前(まえ)に、手(て)を 洗(あら)いますか。

（吃飯前洗手嗎？）

——はい、手(て)を 洗(あら)います。

（是的，洗手。）

(5) バスに 乗(の)る 前(まえ)に、何(なに)を しますか。

（搭公車前做什麼呢？）

9—
3:30

——切符（きっぷ）を　買（か）います。

（買車票。）

(6) 家（うち）へ　来（く）る　前（まえ）に、連絡（れんらく）して　下（くだ）さい。

（來我家前請聯絡。）

——はい、分（わ）かりました。

（是的，明白了。）

(7) 日本（にほん）へ　来（く）る　前（まえ）に、日本語（にほんご）を　勉強（べんきょう）しましたか。

（來日本之前，有學過日語嗎？）

——いいえ。日本（にほん）へ　来（き）てから　始（はじ）めました。

（沒有。來日本之後才開始學的。）

(8) パーティーの　前（まえ）に、何（なに）を　しますか。

（舞會前做什麼呢？）

——飲（の）み物（もの）を　買（か）います。

（買飲料。）

文法重點說明

1. 本課句型：

**動 4（或名詞+の）+前（まえ）に**

（表示做某動作之前）

※「動 4」的說明請參考「43課」的文法重點說明

2.「**に**」（助詞）表示「時間」。

## 生字

風呂（ふろ）　1 2〔名〕洗澡盆

外国（がいこく）　0〔名〕國外

手（て）　1〔名〕手

切符（きっぷ）　0〔名〕車票

飲み物（のみもの）　2〔名〕飲料

準備（じゅんび）します　1→　準備する　1〔他する〕準備

連絡（れんらく）して　0→　連絡する　0〔自他する〕聯絡

始（はじ）めます　4→　始める　0〔他下一〕開始

# 46 私(わたし)は 雪(ゆき)を 見(み)た ことが あります

（我看過雪。）

10—
0:00

(1) あなたは 雪(ゆき)を 見(み)た ことが ありますか。

（你看過雪嗎？）

——はい、私(わたし)は 雪(ゆき)を 見(み)た ことが あります。

（是的，我看過雪。）

(2) 刺身(さしみ)を 食(た)べた ことが ありますか。

（吃過生魚片嗎？）

——はい、食(た)べた ことが あります。

（是的，吃過。）

(3) 外国(がいこく)へ 行(い)った ことが ありますか。

（出國過嗎？）

——いいえ、一度(いちど)も ありません。

（不，沒有出國過。）

(4) 旅館(りょかん)に 泊(とま)った ことが ありますか。

（投宿過旅館嗎？）

——はい、あります。

（是的，有過。）

10—0:00

(5) 黄(こう)さんは　味噌汁(みそしる)を　飲(の)んだ　ことが　ありますか。

（黃先生你喝過味噌湯嗎？）

——はい、あります。おいしかったです。

（是的，喝過。味道不錯。）

(6) 飛行機(ひこうき)に　乗(の)った　ことが　ありますか。

（搭過飛機嗎？）

——はい。三年前(さんねんまえ)に　乗(の)りました。

（有。三年前搭過。）

(7) ここに　来(き)た　ことが　ありますか。

（來過這裡嗎？）

——いいえ、初(はじ)めて　来(き)ました。

（沒有，頭一次來的。）

文法重點說明

1. 本課句型：

（**主語は**）　**動2+た+ことが　あります**

**述語**（表示曾經做過某動作）

※「動2」為「動詞第2變化」的略稱，又稱為：「た形」。

2. 「動2+た」表示「常體肯定過去式」或「動作的完成」。

3. 「**初(はじ)めて**」②初次　為「副詞」，修飾其後的動詞。

4. 例句3中的「**も**」（助詞）表示「強調的語氣」。

## 生字

雪（ゆき） 2〔名〕雪

刺身（さしみ） 3〔名〕生魚片

旅館（りょかん） 0〔名〕旅館

味噌汁（みそしる） 3〔名〕味噌湯

泊（とま）った → 泊る 0〔自五〕投宿

# 47 絵を　書いたり、本を　読んだり　します

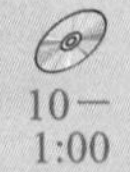

10—
1:00

（畫畫或看書。）

(1) 夜　何を　しますか。

（晚上做什麼呢？）

——絵を　書いたり、本を　読んだり　します。

（畫畫或看書。）

(2) あなたは　日曜日　何を　しますか。

（你禮拜天做什麼呢？）

——私は　家で　掃除したり、洗濯したり　します。

（我在家打掃或洗衣服。）

(3) 暇な　時　何を　しますか。

（空閒的時候做什麼呢？）

——山を　登ったり、泳いだり　します。

（爬山或游泳。）

(4) あの　人は　毎日　何を　しますか。

（那個人每天做什麼呢？）

——英語を　勉強したり、講義を　聞いたり　します。

（學英語或聽課。）

10—
1:00

(5) 毎朝(まいあさ)　いつも　何(なに)を　しますか。

（每天早上總是做什麼呢？）

——ゴルフを　したり、公園(こうえん)を　散歩(さんぽ)したり　します。

（打高爾夫球或是在公園散步。）

(6) 昨日(きのう)　何(なに)を　しましたか。

（昨天做了什麼事呢？）

——友人(ゆうじん)と　いろいろ　話(はな)したり、お酒(さけ)を　飲(の)んだり　しました。

（和朋友說話或喝酒。）

(7) 休(やす)みの　日(ひ)に　何(なに)を　しますか。

（休假時做什麼呢？）

——映画(えいが)を　見(み)たり、買物(かいもの)したり、町(まち)を　見物(けんぶつ)したり　します。

（看電影或是購物、逛街。）

(8) 会社(かいしゃ)で　何(なに)を　しなければ　なりませんか。

（在公司必須做什麼事呢？）

——仕事(しごと)を　したり、お客様(きゃくさま)に　電話(でんわ)を　掛(か)けたり　しなければ　なりません。

（必須工作或是打電話給客戶。）

文法重點說明

1. 本課句型：

（**主語は**）　**動 2+たり、動 2+たり、ーする**

述語（表示分散性動作的列舉）

2. 本課句型的「語體、時式」由句尾的「**ーする**」來決定。如例句 5 的語體為「敬體」，時式為「無時式」（沒有時間限制的習慣）。例句 6 為「敬體」「過去式」。

3. 例句 5 中「公園**を**　散步します」的「**を**」（助詞）為「移動的場所」，如圖所示：

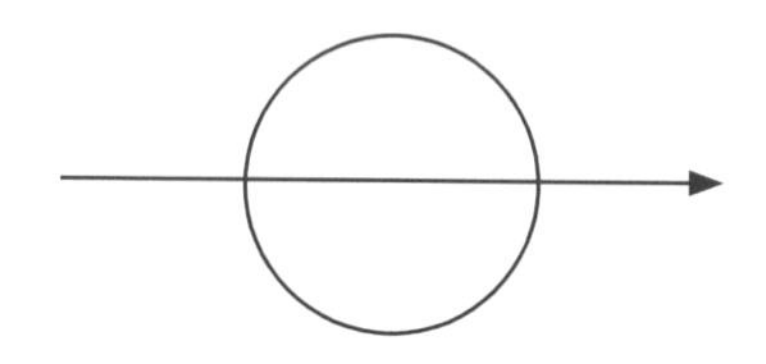

4. **いつも**　1 經常　**いろいろ**　0 各種各樣　為「副詞」，修飾後面的動詞。

## 生字

夜（よる）　1〔名〕晚上

時（とき）　2〔名〕時候

友人（ゆうじん）　0〔名〕朋友

掃除（そうじ）したり　5→　掃除する　0〔他する〕打掃

洗濯（せんたく）したり　6→　洗濯する　0〔他する〕洗衣

登（のぼ）ったり　4→　登る　0〔自五〕爬

# 48 天気(てんき)が　悪(わる)く　なりますね

（天氣要變壞了啊！）

10－
2:00

(1) 天気(てんき)が　悪(わる)く　なりますね。

（天氣要變壞了啊！）

——ええ、台風(たいふう)が　来(き)ますから。

（是啊，因為颱風要來。）

(2) 暗(くら)く　なりましたね。電気(でんき)を　つけましょうか。

（變暗了哩！我來開燈吧！）

——はい、お願(ねが)いします。

（好的，麻煩你。）

(3) 寒(さむ)いですね。

（好冷啊！）

——ええ、だんだん　寒(さむ)く　なりますね。

（是啊，漸漸變冷了呢！）

(4) 髪(かみ)が　長(なが)く　なりましたね。

（頭髮長長了哩！）

——ええ、切(き)りたいです。

（是啊，想剪頭髮了。）

(5) どう　したんですか。

（怎麼了呢？）

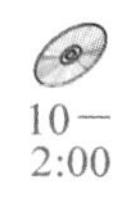
10—
2:00

——風邪(かぜ)を　引(ひ)いて、頭(あたま)が　痛(いた)く　なりました。

（因為感冒而感到頭痛。）

(6) この　町(まち)は　交通(こうつう)が　便利(べんり)に　なりましたね。

（這個城市交通變方便了哩！）

——ええ、人(ひと)も　多(おお)く　なりました。

（是啊，人也變多了。）

(7) 元気(げんき)に　なりましたか。

（精神好多了嗎？）

——ええ、病気(びょうき)が　治(なお)りましたから。

（是啊，因為病好了。）

(8) 日本語(にほんご)が　上手(じょうず)に　なりましたか。

（日語很行了嗎？）

——いいえ、まだ　下手(へた)です。

（不，還不行。）

(9) ここは　きれいに　なりましたね。

（這裡變乾淨了呢！）

——ええ、さっき　掃除(そうじ)しましたから。

（是啊，因為剛才有打掃了。）

(10) 日本料理(にほんりょうり)が　好(す)きに　なりましたか。

（喜歡日本料理了嗎？）

——ええ、おいしいですから。

（是啊，因為好吃。）

## 文法重點說明

1. 本課以形容詞、形容動詞的「**副詞形**」修飾其後的動詞等。
2. 形容詞的「副詞形」舉例如下：

   **悪(わる)い → 悪く**

3. 形容動詞的「副詞形」舉例如下：

   **便利(べんり) → 便利に**

4. 「**ね**」（助詞）表示「對事情內容要求確認」或「徵求對方同意」。
5. **だんだん** 3 0 漸漸地　為「副詞」，修飾其後的句子。
6. 「**が**」（助詞）使用於「現象句的主語」後面。常見的現象句有：

   (1)自然現象：「天気が　悪い。」（天氣不好。）
   「台風が　来る。」（颱風要來。）
   ……

   (2)生理現象：「頭が　痛い。」（頭痛。）
   「髪が　長い。」（頭髮長。）……

   (3)社會現象：「交通が　便利だ。」
   （交通方便。）……

7. 例句 8 中的「**が**」（助詞）表示「能力的內容」。
8. 例句10中的「**が**」（助詞）表示「感情或慾望的對象」。

## 生字

| | |
|---|---|
| 台風(たいふう) | 3〔名〕颱風 |
| 電気(でんき) | 1〔名〕電燈 |

風邪（かぜ） 0〔名〕感冒

病気（びょうき） 0〔名〕生病

痛い（いたい） 2〔形〕痛

つけましょう 3→ つける 2〔他下一〕開燈

願い（ねがい） 2→ 願う 2〔他五〕請求

引いて（ひいて） 0→ 引く 0〔他五〕感冒

治ります（なおります） 4→ 治る 2〔自五〕復原

消します（けします） 3→ 消す 0〔他五〕關燈

# 49 私(わたし)は　中国人(ちゅうごくじん)は　よく　働(はたら)くと　思(おも)います

10—
3:00

（我認為中國人工作很勤奮。）

(1) 中国人(ちゅうごくじん)は　どう　思(おも)いますか。

（你認為中國人怎麼樣呢？）

——私(わたし)は　中国人(ちゅうごくじん)は　よく　働(はたら)くと　思(おも)います。

（我認為中國人工作很勤奮。）

(2) あの　人(ひと)は　ドイツ語(ご)が　分(わ)かりますか。

（那個人懂德語嗎？）

——たぶん　分(わ)からないと　思(おも)います。

（我想大概不懂。）

(3) 田中(たなか)さんは　会社(かいしゃ)に　いますか。

（田中先生在公司嗎？）

——もう　家(うち)へ　帰(かえ)ったと　思(おも)います。

（我想已經回家了。）

(4) 中山(なかやま)さんは　恋人(こいびと)が　いますか。

（中山先生有情人嗎？）

——きっと　いると　思(おも)います。

（我想一定有。）

10—
3:00

(5) 明日(あした)の　天気(てんき)は　どうでしょうか。

（明天的天氣怎麼樣呢？）

——雨(あめ)が　降(ふ)ると　思(おも)います。

（我想會下雨。）

(6) 日本(にほん)は　物(もの)が　高(たか)いですか。

（日本東西貴嗎？）

——はい、ほんとうに　高(たか)いと　思(おも)います。

（是的，我覺得真的很貴。）

(7) 日本(にほん)は　交通(こうつう)が　便利(べんり)でしょう。

（日本交通方便吧！）

——ええ。でも　車(くるま)が　多(おお)いですから、危(あぶ)ないと　思(おも)います。

（是啊。但是因為車子多，我覺得危險。）

(8) 木村(きむら)さんは　どんな　人(ひと)ですか。

（木村小姐是怎樣的人呢？）

——親切(しんせつ)で　奇麗(きれい)だと　思(おも)います。

（我覺得既親切又漂亮。）

(9) 東京(とうきょう)に　ついて　どう　思(おも)いますか。

（你覺得東京怎麼樣呢？）

——人(ひと)が　多(おお)くて　賑(にぎ)やかだと　思(おも)います。

（我覺得人多又熱鬧。）

⑽ 社長（しゃちょう）は　どう　思（おも）いますか。

（你覺得老闆人怎麼樣呢？）

——頭（あたま）が　よくて　いい　人（ひと）だと　思（おも）います。

（我覺得老闆頭腦好，而且人不錯。）

## 文法重點說明

1. 本課句型：

**（主語は）　~と 動詞**

**（述語）**

2.「**と**」（助詞）前接的詞性必須為「**常體形態**」。

「**と**」是表示「前面的敘述是其後面動詞的動作內容」。

3. 各種詞性的「語體、時式」列表公式如下：

(1) **動詞**

| 語體<br>時式 | 肯定 | | 否定 | |
|---|---|---|---|---|
| | 常體 | 敬體 | 常體 | 敬體 |
| 未來式<br>（現在式）<br>無時式 | 動3 | 動2+ます | 動1+ない | 動2+ません |
| 過去式 | 動2+た | 動2+ました | 動1+なかった | 動2+ませんでした |

現以「居（い）る」為例，套入公式如下：

| 語體<br>時式 | 肯定 | | 否定 | |
|---|---|---|---|---|
| | 常體 | 敬體 | 常體 | 敬體 |
| 未來式<br>（現在式）<br>無時式 | 居（い）る | 居（い）ます | 居（い）ない | 居（い）ません |
| 過去式 | 居（い）た | 居（い）ました | 居（い）なかった | 居（い）ませんでした |

### (2) 形容詞

說明：形容詞的「詞幹」不變，詞尾在變，現以「一」表示詞幹，將其「語體、時式」列表公式如下：

| 語體＼時式 | 肯定 | | 否定 | |
|---|---|---|---|---|
| | 常體 | 敬體 | 常體 | 敬體 |
| 現在式<br>無時式 | 一い | 一いです | 一くない | 一くないです<br>一くありません |
| 過去式 | 一かった | 一かったです | 一くなかった | 一くなかったです<br>一くありませんでした |

現以「暑（あつ）い」為例，其詞幹是「暑（あつ）」，套入公式如下：

| 語體＼時式 | 肯定 | | 否定 | |
|---|---|---|---|---|
| | 常體 | 敬體 | 常體 | 敬體 |
| 現在式<br>無時式 | 暑い | 暑いです | 暑くない | 暑くないです<br>暑くありません |
| 過去式 | 暑かった | 暑かったです | 暑くなかった | 暑くなかったです<br>暑くありませんでした |

### (3) 形容動詞

說明：形容動詞的「詞幹」不會變，只有詞尾在變，現以「一」表示詞幹，將其「語體、時式」列表公式如下：

| 語體＼時式 | 肯定 | | 否定 | |
|---|---|---|---|---|
| | 常體 | 敬體 | 常體 | 敬體 |
| 現在式<br>無時式 | 一だ | 一です | 一ではない | 一ではありません |
| 過去式 | 一だった | 一でした | 一ではなかった | 一ではありませんでした |

現以詞幹「奇麗（きれい）」為例，套入公式如下：

| 語體／時式 | 肯　定 | | 否　定 | |
|---|---|---|---|---|
| | 常體 | 敬體 | 常體 | 敬體 |
| 現在式<br>無時式 | 奇麗だ | 奇麗です | 奇麗ではない | 奇麗ではありません |
| 過去式 | 奇麗だった | 奇麗でした | 奇麗ではなかった | 奇麗ではありませんでした |

※「**名詞**」的「語體、時式」變化與「形容動詞」相同。

4. 關於文法細節問題，可參考拙著《日檢 N4、N5 合格，文法完全學會》。

5. **どう** 1如何　**よく** 1十分　**たぶん** 1大概
**きっと** 3一定　**ほんとうに** 0真的
以上皆為「副詞」，修飾其後的動詞。

6. 「**が**」（助詞）用於「現象句的主語」後面，請參考48課文法重點說明「6」。

7. 「～でしょう」表示「主觀性的推測」。

8. 「～に　ついて」表示「有關於～」。

物（もの）　2〔名〕東西

思（おも）います　4→　思う　2〔他五〕認為。覺得

# 50 山田(やまだ)さんは　何(なん)と　言(い)いましたか

（山田先生說了什麼呢？）

10—
4:10

(1) 山田(やまだ)さんは　何(なん)と　言(い)いましたか。

（山田先生說了什麼呢？）

——山田(やまだ)さんは　明日(あした)　出張(しゅっちょう)すると　言(い)いました。

（山田先生說他明天出差。）

(2) あの　人(ひと)は　何(なん)と　言(い)いましたか。

（那個人說了什麼呢？）

——日本(にほん)へ　行(い)かないと　言(い)いました。

（說不去日本。）

(3) 子供(こども)は　何(なん)と　言(い)いましたか。

（小孩子說了什麼呢？）

——お腹(なか)が　空(す)いたと　言(い)いました。

（說肚子餓了。）

(4) 中井(なかい)さんは　何(なん)と　言(い)いましたか。

（中井先生說了什麼呢？）

——昨日(きのう)　雪(ゆき)が　降(ふ)らなかったと　言(い)いました。

（說昨天沒有下雪。）

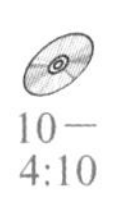

10—
4:10

(5) 課長(かちょう)は　何(なん)と　言(い)いましたか。

（課長說了什麼呢？）

——毎日(まいにち)　忙(いそが)しいと　言(い)いました。

（說每天都很忙。）

(6) 佐藤(さとう)さんは　何(なん)と　言(い)いましたか。

（佐藤先生說了什麼呢？）

——旅行(りょこう)は　よかったと　言(い)いました。

（說旅行玩得不錯。）

(7) 小林(こばやし)さんは　何(なん)と　言(い)いましたか。

（小林先生說了什麼呢？）

——土曜日(どようび)の　午後(ごご)は　暇(ひま)だと　言(い)いました。

（說週六下午有空。）

(8) 高(こう)さんは　何(なん)と　言(い)いましたか。

（高先生說了什麼呢？）

——お酒(さけ)が　あまり　好(す)きではないと　言(い)いました。

（說不大喜歡喝酒。）

### 文法重點說明

1. 本課文法同第 49 課的文法說明事項1～4，請參照。
2. 「**お**〔或**ご**（多見於漢語詞性）〕+名詞等」表示「尊敬、鄭重」之意。

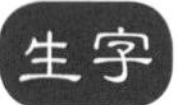

お腹（なか）　0〔名〕肚子

出張（しゅっちょう）する　0〔自する〕出差

空（す）いた　0→　空く　0〔自五〕空

# 51 お酒(さけ)を　飲(の)んで　いる　人(ひと)は　誰(だれ)ですか

（正在喝酒的人是誰呢？）

11—
0:00

(1) お酒(さけ)を　飲(の)んで　いる　人(ひと)は　誰(だれ)ですか。

（正在喝酒的人是誰呢？）

——お酒(さけ)を　飲(の)んで　いる　人(ひと)は　田中(たなか)さんです。

（正在喝酒的人是田中先生。）

(2) 帽子(ぼうし)を　かぶって　いる　人(ひと)は　誰(だれ)ですか。

（戴著帽子的人是誰呢？）

——高橋(たかはし)さんです。

（高橋先生。）

(3) セーターを　着(き)て　いる　人(ひと)は　誰(だれ)ですか。

（穿著毛衣的人是誰呢？）

——加藤(かとう)さんです。

（加藤先生。）

(4) 旅行(りょこう)に　行(い)かない　人(ひと)は　誰(だれ)ですか。

（不去旅行的人是誰呢？）

——吉田(よしだ)さんです。

（吉田先生。）

11—
0:00

(5) 先週(せんしゅう)　見物(けんぶつ)した　所(ところ)は　どこですか。

（上禮拜遊覽過的地方是哪裡呢？）

——神戸(こうべ)です。

（是神戶。）

(6) 今晩(こんばん)　食事(しょくじ)に　行(い)きませんか。

（今晚一起去吃飯好不好呢？）

——すみません、今晩(こんばん)は　友達(ともだち)に　会(あ)う　約束(やくそく)が

あります。

（不好意思，今晚和朋友約好了要見面。）

(7) これは　何(なん)の　本(ほん)ですか。

（這是什麼書呢？）

——それは　子供(こども)が　読(よ)む　本(ほん)です。

（那是小孩子讀的書。）

(8) それは　誰(だれ)が　撮(と)った　写真(しゃしん)ですか。

（那是誰拍的照片呢？）

——これは　私(わたし)が　撮(と)った　写真(しゃしん)です。

（這是我拍的照片。）

(9) 中村(なかむら)さんは　どの　人(ひと)ですか。

（中村先生是哪一個人呢？）

——あの　眼鏡(めがね)を　かけて　いる　人(ひと)です。

（那個戴著眼鏡的人。）

(10) あなたは　どんな　工場(こうじょう)を　見学(けんがく)したいですか。

11—
0:00

（你想要見習哪一種工廠呢？）

——車(くるま)を　作(つく)って　いる　工場(こうじょう)です。

（製作車子的工廠。）

(11) お金(かね)が　ない　時(とき)、どう　しますか。

（沒錢時，怎麼辦呢？）

——友達(ともだち)に　借(か)ります。

（向朋友借。）

(12) 意味(いみ)が　分(わ)からない　時(とき)、どう　しますか。

（意思不懂時，怎麼辦呢？）

——辞書(じしょ)を　引(ひ)きます。

（查辭典。）

## 文法重點說明

1. 本課句型是以「**修飾句**」（例句中有畫黑線者）修飾其後的名詞為主，如下例：

**お酒(さけ)を　飲(の)んでいる　人(ひと)は　誰(だれ)ですか**
（修飾句）　→（名詞主語）（述語）

**それは　私(わたし)が　撮(と)った　写真(しゃしん)です**。
（主語）　（**修飾句**）→（名詞述語）

2. 修飾句中若有「主語」時，則此「主語」之後的助詞用「**が**」。

3. 修飾句中的各種詞性（動詞等）使用「**常體形態**」。關於「**常體形態**」，請參考「49課」的文法重點說明中的圖表。

## 生字

| | |
|---|---|
| セーター | 1〔名〕〈sweater〉毛衣 |
| 所（ところ） | 3 0〔名〕地方 |
| 食事（しょくじ） | 0〔名〕用餐 |
| 約束（やくそく） | 0〔名〕約會 |
| 眼鏡（めがね） | 1〔名〕眼鏡 |
| 意味（いみ） | 1〔名〕意思 |
| かぶって 2→ | かぶる 2〔他五〕戴（帽子） |
| 着（き）て 0→ | 着る 0〔他上一〕穿 |
| かけて 1→ | かける 2〔他下一〕戴 |
| 見学（けんがく）したい 6→ | 見学する 0〔他する〕見習 |
| はいて 0→ | はく 0〔他五〕穿（鞋） |
| 立（た）ちます 3→ | 立つ 1〔自五〕站立 |

# 52 この　ボタンを　押(お)すと　切符(きっぷ)が　出(で)ます

（按這個按鍵的話，車票就會出來。）

11—
1:30

(1) あのう、切符(きっぷ)が　出(で)ません。

（嗯，車票出不來。）

——この　ボタンを　押(お)すと　切符(きっぷ)が　出(で)ます。

（按這個按鍵的話，車票就會出來。）

(2) すみません、洗濯機(せんたくき)が　動(うご)きません。

（不好意思，洗衣機不會動。）

——これを　回(まわ)すと　動(うご)きますよ。

（轉這個的話，就會動哦！）

(3) パスポートは　無(な)くすと　困(こま)りますよ。

（護照遺失的話，就麻煩了哦！）

——はい、気(き)を　つけます。

（好的，我會小心。）

(4) 銀行(ぎんこう)は　どこですか。

（銀行在哪裡呢？）

——この　道(みち)を　行(い)くと、銀行(ぎんこう)が　あります。

（順著這條路走去，就有銀行。）

11—
1:30

(5) 病院(びょういん)は　どこに　ありますか。

（醫院在哪裡呢？）

——その　橋(はし)を　渡(わた)ると　病院(びょういん)が　あります。

（過了那座橋，就有醫院。）

(6) すみませんが、駅(えき)は　どこですか。

（不好意思，車站在哪裡呢？）

——右(みぎ)へ　曲(ま)がると　駅(えき)が　あります。

（往右轉，就有車站。）



文法重點說明

1. 本課以「動詞原形+**と**（助詞）」表示「肯定的假設」。
2. 「動詞原形+**と**（助詞）」亦可表示「一個動作完成後，緊接著發生下一個動作」。例如：

   食事(しょくじ)が　終(お)わる**と**、すぐ　出掛(でか)けます。

   （一吃完飯，就立刻出門。）
3. 例句 4、5 中的「**を**」（助詞）表示「移動的場所」，後接具有「移動性質的自動詞」。如圖所示：

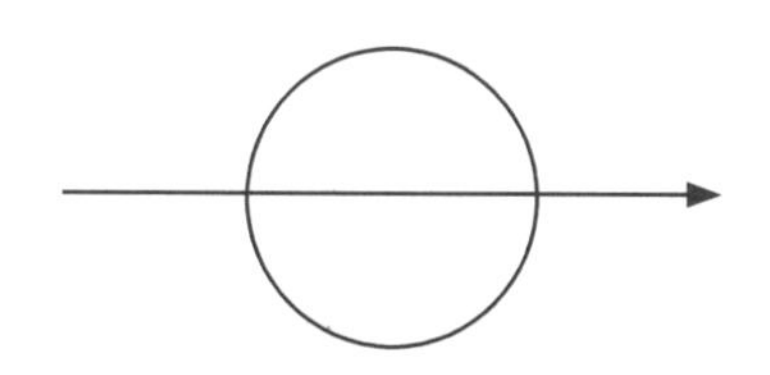

## 生字

| | |
|---|---|
| ボタン | 0 1〔名〕〈button〉按鍵 |
| 洗濯機(せんたくき) | 4 3〔名〕洗衣機 |
| 道(みち) | 0〔名〕道路 |
| 橋(はし) | 2〔名〕橋 |
| 押(お)す | 0〔他五〕按。壓 |
| 動(うご)きません | 5→　動く 2〔自五〕動 |
| 回(まわ)す | 0〔他五〕轉動 |
| 困(こま)ります | 4→　困る 2〔自五〕困擾 |
| 渡(わた)る | 0〔自五〕渡 |
| 曲(ま)がる | 0〔自五〕轉彎 |

# 53 お子(こ)さんに　何(なに)を　あげますか

（您要送您孩子什麼東西呢？）

11－2:10

(1) お子(こ)さんに　何(なに)を　あげますか。

（您要送您孩子什麼東西呢？）您(2)→您的孩子(3)

——子供(こども)に　おもちゃを　やります。

（要給小孩玩具。）我(1)→我的孩子(3)

(2) あなたは　誰(だれ)に　プレゼントを　あげましたか。

（你給誰禮物了呢？）你(2)→誰(3)

——山中先生(やまなかせんせい)に　あげました。

（送禮給山中老師了。）我(1)→老師(3)

(3) 誰(だれ)に　料理(りょうり)を　作(つく)って　あげますか。

（你要為誰做料理呢？）你(2)→誰(3)

——息子(むすこ)に　作(つく)って　やります。

（我要為我兒子做料理。）我(1)→我兒子(3)

(4) 誰(だれ)の　荷物(にもつ)を　持(も)って　あげましたか。

（你為誰拿行李了呢？）你(2)→誰(3)

——妹(いもうと)のを　持(も)って　やりました。

（我為妹妹拿行李了。）我(1)→我妹妹(3)

(5) あなたは　誰(だれ)に　お金(かね)を　貸(か)して　あげましたか。

（你借錢給誰了呢？）你(2)→誰(3)

——私（わたし）は　部長（ぶちょう）に　貸（か）して　あげました。

（我借錢給經理了。）我(1)→經理(3)

11—
2:10

(6) 誰（だれ）に　本（ほん）を　読（よ）んで　あげますか。

（你要為誰朗讀書本呢？）你(2)→誰(3)

——娘（むすめ）に　読（よ）んで　やります。

（我要為我女兒朗讀。）我(1)→我女兒(3)

(7) 誰（だれ）に　友達（ともだち）を　紹介（しょうかい）して　あげますか。

（你要為誰介紹朋友呢？）你(2)→誰(3)

——先輩（せんぱい）に　紹介（しょうかい）して　あげます。

（我要為前輩介紹朋友。）我(1)→前輩(3)

(8) 仕事（しごと）を　手伝（てつだ）って　あげましょうか。

（我來幫你做事吧！）我(1)→你(2)

——はい、お願（ねが）いします。

（好的，那就拜託了。）

(9) A：道（みち）が　分（わ）かりますか。

（你知道路嗎？）

B：いいえ、分（わ）かりません。

（不，不知道。）

A：じゃ、一緒（いっしょ）に　行（い）って　あげましょうか。

（那麼，我帶你一起去吧！）我(1)→你(2)

B：ええ、お願（ねが）いします。

（好，麻煩您。）

⑽ 誰（だれ）を　大阪（おおさか）へ　連（つ）れて　いって　あげますか。

11—
2:10

（你要帶誰去大阪呢？）你(2)→誰(3)

——社長（しゃちょう）を　連（つ）れて　いって　あげます。

（我要帶老闆去。）我(1)→老闆(3)

文法重點說明

1. 本課句型：

**主語は**（或が）**對象に　物を　授受動詞**

**（述語）**

2. 授受動詞為：

**あげる**（或やる）

**下（くだ）さる**（或くれる）

**いただく**（或もらう）

3. 「**あげる**」用於「主語為上輩（或平輩）提供某動作」。

「**やる**」用於「主語為下輩（或平輩）提供某動作」。

4. **あげる**（**或やる**）表示「少數人稱為多數人稱提供動作」：

我（第 1 人稱）→你（第 2 人稱）

你（第 2 人稱）→他（第 3 人稱）

我（第 1 人稱）→他（第 3 人稱）

5. 例句 10 中的「～て　いく」是表示說話者敘述「某動作由近到遠的移動」。如圖所示：

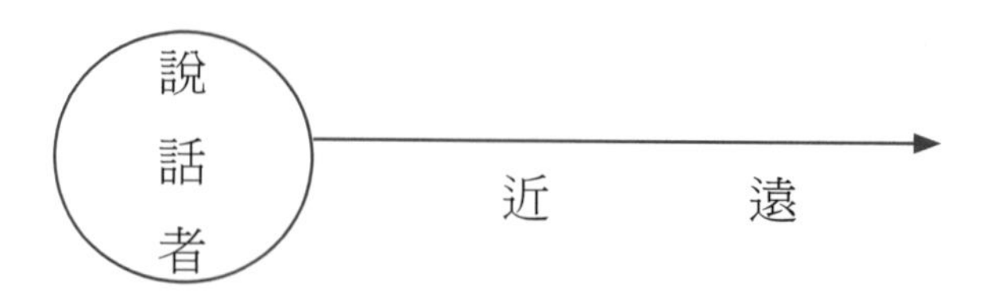

## 生字

| | |
|---|---|
| 子（こ） | 0〔名〕孩子 |
| おもちゃ | 2〔名〕玩具 |
| プレゼント | 2〔名〕〈present〉禮物 |
| 息子（むすこ） | 0〔名〕兒子 |
| 荷物（にもつ） | 1〔名〕行李 |
| 妹（いもうと） | 4〔名〕妹妹 |
| 娘（むすめ） | 3〔名〕女兒 |
| 先輩（せんぱい） | 0〔名〕前輩 |
| やりました 3→ | やる 0〔他五〕給 |
| 持って（も） 1→ | 持つ 1〔他五〕拿 |
| 紹介して（しょうかい） 0→ | 紹介する 0〔他する〕介紹 |
| 連れて（つ） 0→ | 連れる 0〔他下一〕帶領 |

# 54 誰(だれ)が　その　シャツを　くれましたか
（誰給了你那件襯衫呢？）

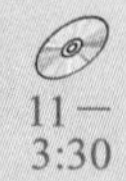

11—
3:30

(1) 誰(だれ)が　その　シャツを　くれましたか。

（誰給了你那件襯衫呢？）誰(3)→你(2)

——家内(かない)が　くれました。

（我太太給我的。）我太太(3)→我(1)

(2) 誰(だれ)が　本(ほん)を　くれますか。

（誰要給你書呢？）誰(3)→你(2)

——先生(せんせい)が　本(ほん)を　下(くだ)さいます。

（老師要給我書。）老師(3)→我(1)

(3) 誰(だれ)が　あなたに　タクシーを　呼(よ)んで　くれますか。

（誰要替你叫計程車呢？）誰(3)→你(2)

——妹(いもうと)が　私(わたし)に　呼(よ)んで　くれます。

（我妹妹要替我叫。）我妹妹(3)→我(1)

(4) 誰(だれ)が　荷物(にもつ)を　持(も)って　くれましたか。

（誰替你拿行李了呢？）誰(3)→你(2)

——弟(おとうと)が　持(も)って　くれました。

（我弟弟替我拿了。）我弟弟(3)→我(1)

11—
3:30

(5) 誰(だれ)が　料理(りょうり)を　作(つく)って　くれましたか。

（誰替你做料理了呢？）誰(3)→你(2)

——娘(むすめ)が　作(つく)って　くれました。

（我女兒替我做了。）我女兒(3)→我(1)

(6) 友達(ともだち)が　髪(かみ)を　切(き)って　くれましたか。

（朋友替你剪頭髮了嗎？）朋友(3)→你(2)

——いいえ、お母(かあ)さんが　切(き)って　下(くだ)さいました。

（不，是母親替我剪了。）母親(3)→我(1)

(7) 誰(だれ)が　英語(えいご)を　教(おし)えて　くれますか。

（誰要教你英語呢？）誰(3)→你(2)

——山田先生(やまだせんせい)が　教(おし)えて　下(くだ)さいます。

（山田老師要教我。）老師(3)→我(1)

(8) 誰(だれ)が　友達(ともだち)を　紹介(しょうかい)して　くれましたか。

（誰給你介紹朋友了呢？）誰(3)→你(2)

——先輩(せんぱい)が　紹介(しょうかい)して　下(くだ)さいました。

（是前輩給我介紹的。）前輩(3)→我(1)

(9) 社長(しゃちょう)は　あなたに　お金(かね)を　払(はら)って　下(くだ)さいましたか。

（老闆替你付錢了嗎？）老闆(3)→你(2)

——はい、払(はら)って　下(くだ)さいました。

（是的，替我付錢了。）老闆(3)→我(1)

(10) 誰(だれ)が　病院(びょういん)へ　連(つ)れて　いって　くれましたか。

（誰帶你去醫院了呢？）誰(3)→你(2)

——父(ちち)が　連(つ)れて　いって　くれました。

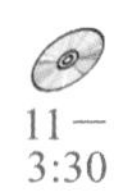


（家父帶我去了。）家父(3)→我(1)

文法重點説明

1. 本課句型文法同第53課文法說明事項 1、2，請參照。

2. 「**下(くだ)さる**」用於「主語給下輩（或平輩）提供某動作」。
　「**くれる**」用於「主語給上輩（或平輩）提供某動作」。

3. 下さる（或くれる）表示「多數人稱給少數人稱提供某動作」：
　他（第 3 人稱）→你（第 2 人稱）
　你（第 2 人稱）→我（第 1 人稱）
　他（第 3 人稱）→我（第 1 人稱）

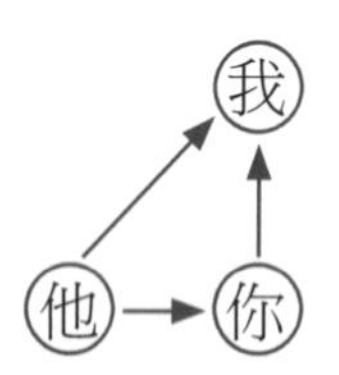


生字

家内(かない)　1〔名〕內人

弟(おとうと)　4〔名〕弟弟

お母(かあ)さん　2〔名〕母親

くれました　3→　くれる　0〔他下一〕給

下(くだ)さいます　5→　下さる　3〔他五〕給

払(はら)って　2→　払う　2〔他五〕支付

# 55 誰（だれ）に　プレゼントを　もらいますか

（你從誰那裡收到禮物呢？）

11—
4:30

(1) 誰（だれ）に　プレゼントを　もらいますか。

（你從誰那裡收到禮物呢？）你(2)→誰(3)

——家内（かない）に　もらいます。

（我從內人那裡收到禮物。）我(1)→內人(3)

(2) 誰（だれ）に　その　本（ほん）を　もらいましたか。

（你從誰那裡收到了那本書呢？）你(2)→誰(3)

——伊藤先生（いとうせんせい）に　いただきました。

（我從伊藤老師那裡收到的。）我(1)→老師(3)

(3) あなたは　誰（だれ）に　電話（でんわ）を　掛（か）けて　もらいますか。

（你要誰打電話呢？）你(2)→誰(3)

——私（わたし）は　妹（いもうと）に　掛（か）けて　もらいます。

（我要妹妹打電話。）我(1)→妹妹(3)

(4) 誰（だれ）に　電車（でんしゃ）の　時間（じかん）を　調（しら）べて　もらいましたか。

（你要誰查電車的時間了呢？）你(2)→誰(3)

——弟（おとうと）に　調（しら）べて　もらいました。

（我要弟弟查了。）我(1)→弟弟(3)

11—4:30

(5) 誰(だれ)に　切符(きっぷ)を　買(か)って　もらいましたか。

（你要誰買車票了呢？）你(2)→誰(3)

——先輩(せんぱい)に　買(か)って　いただきました。

（我請前輩買了。）我(1)→前輩(3)

(6) 同僚(どうりょう)に　仕事(しごと)を　手伝(てつだ)って　もらいましたか。

（你要求同事幫忙你工作了嗎？）你(2)→同事(3)

——いいえ、社長(しゃちょう)に　手伝(てつだ)って　いただきました。

（不，我請老闆幫忙我了。）我(1)→老闆(3)

(7) 誰(だれ)に　傘(かさ)を　貸(か)して　もらいましたか。

（你向誰借傘了呢？）你(2)→誰(3)

——部長(ぶちょう)の　奥(おく)さんに　貸(か)して　いただきました。

（我向經理的太太借了。）我(1)→經理的太太(3)

(8) 誰(だれ)に　学校(がっこう)を　案内(あんない)して　もらいましたか。

（你要誰帶你參觀學校了呢？）你(2)→誰(3)

——校長先生(こうちょうせんせい)に　案内(あんない)して　いただきました。

（我請校長帶我參觀了。）我(1)→校長(3)

(9) 駅(えき)へ　行(い)く　道(みち)が　分(わ)かりますか。

（你知道去車站的路嗎？）

——ええ、私(わたし)は　課長(かちょう)に　教(おし)えて　いただきました。

（知道，我請課長告訴我了。）我(1)→課長(3)

(10) 誰(だれ)に　京都(きょうと)へ　連(つ)れて　いって　もらいましたか。

（你要誰帶你去京都了呢？）你(2)→誰(3)

——先輩(せんぱい)に　連(つ)れて　いって　いただきました。

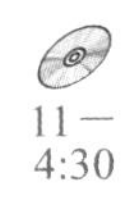


（我請前輩帶我去了）我(1)→前輩(3)

文法重點說明

1. 本課句型文法同第53課的文法說明事項1、2，請參照。
2. 「**いただく**」用於「主語請求上輩（或平輩）提供某動作」。
   「**もらう**」用於「主語要求下輩（或平輩）提供某動作」。
3. 「**いただく**（或もらう）」表示「少數人稱請求多數人稱提供某動作」。
   我（第1人稱）→你（第2人稱）
   你（第2人稱）→他（第3人稱）
   我（第1人稱）→他（第3人稱）

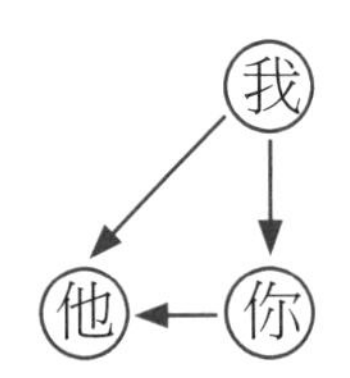


## 生字

同僚(どうりょう)　0〔名〕同事

奥(おく)さん　1〔名〕對方的太太。夫人

校長先生(こうちょうせんせい)　7〔名〕校長

もらいます　4→　もらう　0〔他五〕領受

いただきました　5→　いただく　0〔他五〕領受

調(しら)べて　2→　調べる　3〔他下一〕調查

案内(あんない)して　3→　案内する　3〔他する〕引導

# 56 お金(かね)が　あったら、何(なに)を したいですか

（如果有錢的話，想做什麼呢？）

11－
5:30

(1) お金(かね)が　あったら、何(なに)を　したいですか。

（如果有錢的話，想做什麼呢？）

——お金(かね)が　あったら、家(いえ)を　買(か)いたいです。

（有錢的話，想買房子。）

(2) もし　雨(あめ)が　降(ふ)ったら、どうしますか。

（假使下雨的話，做什麼呢？）

——もし　雨(あめ)が　降(ふ)ったら、どこも　行(い)きません。

（下雨的話，哪裡也不去。）

(3) 家(うち)へ　帰(かえ)ったら、すぐ　電話(でんわ)して　下(くだ)さい。

（回到家的話，請馬上打電話。）

——はい、分(わ)かりました。

（好的，知道了。）

(4) 結婚(けっこん)しても、仕事(しごと)を　続(つづ)けますか。

（即使結了婚，也要繼續工作嗎？）

——いいえ、結婚(けっこん)したら、すぐ　止(や)めます。

（不，結婚的話，就馬上辭職。）

11—
5:30

(5) 辞書(じしょ)を　調(しら)べたら、意味(いみ)が　分(わ)かりますか。

（查辭典的話，就了解意思嗎？）

——いいえ、調(しら)べても　分(わ)かりません。

（不，即使查也不明白。）

(6) あのう、頭(あたま)が　痛(いた)いです。

（嗯，我頭痛。）

——痛(いた)かったら、休(やす)んで　下(くだ)さい。

（頭痛的話，就請休息。）

(7) 安(やす)かったら、カメラを　買(か)いますか。

（便宜的話，就買這相機嗎？）

——いいえ、安(やす)くても　買(か)いません。

（不，即使便宜也不買。）

(8) いい　時計(とけい)ですね。

（不錯的錶呢！）

——好(す)きだったら、あげますよ。

（喜歡的話，就送你哦！）

(9) 暇(ひま)だったら、出掛(でか)けますか。

（有空的話要出去嗎？）

——いいえ、暇(ひま)でも　出掛(でか)けません。

（不，即使有空也不出去。）

(10) 日曜日(にちようび)だったら、休(やす)みでしょう。

（週日的話，有放假吧！）

——いいえ、日曜日(にちようび)でも　働(はたら)きます。

11—
5:30

（不，週日也要工作。）

文法重點說明

1. 本課以各種詞性（**動詞**、**形容詞**、**形容動詞**）的「**第2 變化+たら**」表示「肯定的假設」：

**動2**
**形2**（ーかっ）　　}**+たら**　例：帰(かえ)っ**たら**　痛(いた)かっ**たら**　暇(ひま)だっ**たら**
**形動2**（ーだっ）

而名詞是以「**名詞+だったら**」方式表示「肯定的假設」，例如：

日曜日(にちようび)**だったら**

2. 「**動 2+たら**」亦可表示「一個動作完成之後，緊接著做另一個動作」，如例句 3 的問句及例句 4 的回答句。

3. 「動詞或形容詞的第 2 變化+て**も**」
「形容動詞第 2 變化+**も**」
「名詞+で**も**」
表示「出現違反常理的現象（即使）」：

**動2**
**形2**（ーく）　}**+ても**

**形動2**（ーで）**+も**

**名詞+でも**

例：
調(しら)べ**ても**
安(やす)く**ても**
暇(ひま)**でも**
日曜日(にちようび)**でも**

4. **もし**　①假使　為「副詞」，修飾其後的動詞。

生字

電話(でんわ)して 0→ 電話する 0〔他する〕打電話

続(つづ)けます 4→ 続ける 0〔他下一〕繼續

止(や)めます 3→ 止める 0〔他下一〕停止

# N5 模擬テスト
# 言語知識（文法）
# 10回

# 第1回

もんだい1（　　　）に　何を　入れますか。①、②、③、④から　いちばん　いい　ものを　一つ　えらんで　ください。

1. この　薬は　6時間（　　）　一回　飲んで　ください。

①と　②が　③で　④に

2. こんばん、　6時に　映画館の　入り口（　　）まっています。

①は　②で　③に　④が

3. この　靴は　あなた（　　）ちょうど　いいと　思います。

①も　②の　③に　④が

4. 兄は　かばんを　ゆうびんきょく（　　）わすれて　帰りました。

①が　②の　③と　④に

5. 本に　「池田彰」（　　）かいて　あります。

①で　②や　③と　④から

6. この　はこに　雑誌が（　　）ぐらい　はいって　いますか。

①どう　②いかが　③なん　④どの

7. 父「もう　遅いから、はやく（　　）」

娘「はい、すぐ　寝ます。」

①寝ていたい　②寝たい　③寝なさい　④寝ていなさい

8. つぎの　バスまで　まだ　1時間（　　）、喫茶店に　入って、

お茶でも　飲みながら　待ちましょう。

①あって　②あるから　③ないから　④なくて

9. 鈴木さんは　若いけど、仕事は（　　）できて　いますね。

①わるく　②わるくて　③よく　④よくて

10. A「その　つくえは　もう（　　）。」

B「じゃあ、わたしに　ください。」

①かかりません　　　　　　②いりません

③ください　　　　　　　　④くださいませんか

11. A「おこさんは　今年　お（　　）ですか。」

B「7 さいです。」

①なんさい　②なにさい　③いくつ　④いくら

12. A「ここから　駅まで　どれぐらい（　　）。」

B「30 分ぐらいでしょう。」

①いりますか　　　　　　②いって　いますか

③かかりますか　　　　　④かかって　いますか

13. 父は　中学で　先生を（　　）います。

①なって　②して　③できで　④あって

14. 字が　小さくて　はっきり（　　）、めがねを　かけました。

①みないけど　　　　　　②みえないけど

③みえないから　　　　　④みないから

15. A「きのう、会社に　来なかったね。（　　）？」

B「かぜを　ひいたのです。」

①いつ　したの　　　　　②いっ　するの

③どう　するの　　　　　④どう　したの

16. A「なにも　ありませんが、どうぞ　食べて　下さい。」

B「はい、（　　）。」

①いただきます　　　　　②もらいます

③食べて　います　　　　④食べて　いませんか。

## もんだい 2 ＿★＿に　入る　ものは　どれですか。①、②、③、④から　いちばん　いいものを　一つ　えらんで　ください。

17. ギターを＿＿　＿＿　＿★＿　＿＿ます。

①うたい　　②ひき　　③うたを　　④ながら

18. かれの＿＿＿　＿＿＿　＿★＿　＿＿＿です。

①あかるい　　②おおきくて　　③は　　④うち

19. きみは＿＿＿　＿＿＿　＿★＿　＿＿＿ね。どうしたの？

①たべて　　②すこし　　③も　　④いなかった

20. 駅や＿＿＿　＿＿＿　＿★＿　＿＿＿。

①べんりに　　②なりました

③スーパーなどが　　④できて

21. よく　わかりませんから、＿＿＿　＿＿＿　＿★＿　＿＿＿ませんか。

①一度　　②もう　　③言って　　④ください

日檢N5合格・文法、句型一本搞定

## もんだい3 [22] から [26] に　何を　入れますか。①、②、③、④から　いちばん　いい　ものを　一つ　えらんで　ください。

私は　小説 [22] 好きです。日本語で　小説が　読みたいです [23] 、日本語が　もっと [24] 。

土曜日、北山（きたやま）さんと　小説の　てんらん会を [25] 行きます。北山さんは　お姉さんに　チケットを [26] もらいましたから。

私も　いっしょに　行きます、とても　楽しみです。

[22]

①を　　②に　　③が　　④と

[23]

①から　　②ね　　③に　　④を

24

①上手です　②上手に　なりたいです

③上手に　なりました　④上手に　読みます

25

①見に　②見て　③見　④見る

26

①にほん　②にだい　③にこ　④にまい

## 正解（第1回）

1.④　2.②　3.③　4.④　5.③　6.④　7.③　8.②　9.③　10.②
11.③　12.③　13.②　14.③　15.④　16.①
17.②④③★①　18.④③②★①　19.②③①★④　20.③④①★②　21.②①③★④
22.③　23.①　24.②　25.①　26.④

# 第2回

## もんだい1 （　　　）に　何を　入れますか。①、②、③、④から　いちばん　いい　ものを　一つ　えらんで　ください。

1. 私には　きょうだいが　二人　います。兄（　　）姉です。

①は　②と　③も　④か

2. 中村「この　ぼうしは　佐藤さん（　　）ですか。」

佐藤「はい。」

①や　②か　③は　④の

3. 日本（　　）ながい　かわが　すくない。

①には　②へは　③とは　④では

4. まど（　　）見た　空の　くもは　きれいです。

①だけ　②を　③まで　④から

5. 旅行は　ぜんぶ（　　）何人　いますか。

①は　②に　③で　④も

6. A「みそしるを　もう　いっぱい（　　）ですか。」

B「いいえ、けっこうです。」

①いくつ　②いくら　③いつも　④いかが

7. A「（　　）来ましたか。」

B「いいえ、だれも　来ませんでした。」

①だれは　②だれも　③だれか　④だれと

8. A「もう　少し　もらいましょうか。」

B「これ（　　）けっこうです。」

①から　②では　③だけで　④までに

9. A「壁に　絵が　ありますね。」

B「ええ、ぼくが（　　）。」

①書きたいです　　　　　　②書いています

③書きましょう　　　　　　④書きました

10. A「そとで　食事を　したいですけれど。」

B「いいですよ。いま　すぐ（　　）。」

①出かけませんか　　　　　②出かけましょうか

③出かけて　いますか　　　④出かけて　いませんか

11.「きみが　買った　本は（　　）と　いう　本ですか。」

①どこ　　②なん　　③だれ　　④どちら

12.（　　）時間が　ないですから　タクシーを　呼びましょう。

①いつも　　②いつか　　③また　　④もう

13. A「きょう　だれか　会社を　やすみましたか。」

B「いいえ、だれも（　　）。」

①やすみませんでした　　　②やすみません

③やすまないでした　　　　④やすんでいました

14. A「すみません。暑いですから、まどを（　　）。」

B「あ、すみません。いま　すぐ　あけます。」

①もう　しめて　いませんか　②しめないで　いません

③まだ　しめて　いませんか　④しめないで　くださいませんか

15. A「この　書類を　社長の　ところへ（　　）ください。」

B「はい、わかりました。」

①持って行って　　　　　　②持っていて

③持って　　　　　　　　　④持ってもらって

16. 20さい（　　）から、アメリカへ　留学します。

①に　して　　②に　なって　③が　なって　④が　して

もんだい2 ＿★＿ に 入る ものは どれですか。①、②、③、④から いちばん いいものを 一つ えらんで ください。

17. ＿＿ ＿＿ ＿★＿ ＿＿から、おなかが 空いて います。

①も　②なに　③いません　④たべて

18. 髪＿＿ ＿＿ ＿★＿ ＿＿と たのみました。

①きって　②を　③ください　④みじかく

19. わたしは かぜを ひいて＿＿ ＿＿ ＿★＿ ＿＿ない。

①きょうは　②が　③いて　④げんき

20. 一日＿＿ ＿＿ ＿★＿ ＿＿つかれました。

①あって　②じゅう　③しけん　④が

21. 子供の とき、＿＿ ＿＿ ＿★＿ ＿＿なかった。

①大根　②では　③すき　④が

もんだい3 [22] から [26] に 何を 入れますか。①、②、③、④から いちばん いい ものを 一つ えらんで ください。

私は [22] 秋葉原へ 行きます。秋葉原の 店は 大きいです。いろいろな ものが あります。店の 人は [23] 親切です。 明日も 私は 中川(なかがわ)さんと 秋葉原へ 行きます。[24] 日本の カメラを 買います。日本 [25] は ちょっと 高いです [26] 、とても いいです。

[22]

①あまり　②たくさん　③たいへん　④よく

[23]

①とても　②はじめて　③まっすぐ　④まだ

24

①それでは　②しかし　③でも　④そして

25

①に　②の　③へ　④から

26

①から　②が　③の　④ね

## 正解（第2回）

1.②　2.④　3.①　4.④　5.③　6.④　7.③　8.③　9.④　10.②
11.②　12.④　13.①　14.④　15.①　16.②
17.②①④★③　18.②④①★③　19.③①④★②　20.②③④★①　21.①④③★②
22.④　23.①　24.④　25.①　26.②

# 第3回

## もんだい1 （　　）に　何を　入れますか。①、②、③、④から　いちばん　いい　ものを　一つ　えらんで　ください。

1. ここ（　　）パンは　おいしいです。

①の　②へ　③を　④に

2. つぎの　信号を　左（　　）まがって　下さい。

①が　②や　③へ　④か

3. わたしは　ひとり（　　）はなを　見に　行きます。

①は　②が　③を　④で

4. A「中山さん（　　）きのう　どこかに　出かけましたか。」

B「いいえ、いえに　いました。」

①は　②で　③に　④を

5. 大使館まで　タクシーで　2000円（　　）です。

①など　②ぐらい　③も　④ごろ

6. A「さようなら。」

B「さようなら、また（　　）。」

①今日　②今月　③来週　④おととい

7. 子供「いただきます。」

先生「あ、食べる（　　）、手を　洗いましょう。」

①のまえに　②まえに　③のあとに　④あとに

8. A「ここでも　雪が　ふりますか。」

B「ええ、ふりますよ。でも、きょねんは　あまり（　　）。」

①ふりました　②ふります

③ふりませんでした　④ふりません

9. 山下「田中さんの　パソコンは　いいですね。どこで　かいましたか。」

田中「いえ、これは　姉に（　　）。」

①かいました　　②あげました

③もらいました　　④うりました

10. A「見て　ください。こいが　たくさん（　　）よ。」

B「ほんとうですね。100ぴきぐらい　いますね。」

①およぎました　　②およぎません

③およぎます　　④およいでいます

11. 妹は　10才です。姉は　20さいです。妹は　姉（　　）10さいわかい。

①まで　②より　③から　④のほうが

12. 父が　うちに　かえて（　　）、もう　夜の　2時ごろでした。

①くるとき　②きたとき　③くるほうは　④きたほうは

13. A「どうですか。今から　どこかで　いっしょに（　　）。」

B「今からですか。今から　ちょっと……」

①飲みますね　　②飲みました

③飲んでいますね　　④飲みませんか

14. A「ふゆやすみに　なにを　しますか。」

B「かぞくで　アメリカへ　りょこう（　　）。」

①しました　②します　③やります　④やりました

15. 10月に　なってから、だんだん（　　）。

①さむかったです　　②さむいです

③さむくなります　　④さむくします

16. 今日は　野球を（　　）、テニスを　します。

①しなくて　②しないで　③しなくで　④しないか

## もんだい2 ＿★＿に　入る　ものは　どれですか。①、②、③、④から　いちばん　いいものを　一つ　えらんでください。

17. A「学校＿＿＿　＿＿＿　＿★＿　＿＿＿行って　いますか。」

B「わたしは　あるいて　行っています。」

①は　②へ　③で　④何

18. 「すみません、えき＿＿＿　＿＿＿　＿★＿　＿＿＿か。」

①に　②は　③あります　④どこ

19. 仕事は＿＿＿　＿＿＿　＿★＿　＿＿＿です。

①ない　②いそがしく　③おおく　④なくて

20. あの　しろい＿＿＿　＿＿＿　＿★＿　＿＿＿の？

①びょういん　②たてもの　③ではない　④は

21. しけんの＿＿＿　＿＿＿　＿★＿　＿＿＿のみませんか。

①かで　②どこ　③で　④あと

## もんだい3 [22]から[26]に　何を　入れますか。①、②、③、④から　いちばん　いい　ものを　一つ　えらんでください。

おととい、工藤さんと　いっしょに　湖へ　行きました。湖が[22]。[23]、天気が　あまり　よく　なかったですから　私達は[24]。夕方、[25]に　寮に　帰りました。[26]、ラーメンを　食べました。夜、10時に　寝ました。

[22]

①とても　きれいだ　②とても　もれいです

③とても　きれいだったでした　④とても　きれいでした

23

①しかし ②そして ③もう ④では

24

①泳がない ②泳ぎません

③泳がなかったでした ④泳ぎませんでした

25

①5 時くらい ②5 時ぐらい ③5 時ごろ ④5 時ころ

26

①しかし ②でも ③では ④それから



## 正解 （第 3 回）

1.① 2.③ 3.④ 4.① 5.② 6.③ 7.② 8.③ 9.③ 10.④

11.② 12.② 13.④ 14.② 15.③ 16.②

17.②①④★③ 18.②④①★③ 19.③④②★① 20.②④①★③ 21.④③②★①

22.④ 23.① 24.④ 25.③ 26.④

# 第4回

## もんだい1（　　）に　何を　入れますか。①、②、③、④から　いちばん　いい　ものを　一つ　えらんで　ください。

1. 昨日、ここ（　）大きな　事故が　起きました。

①を　②に　③で　④が

2. わたし（　）ほしい　ものは　これです。

①の　②は　③と　④や

3. 小林さん（　）中村さん（　）どちらが　背が　高いですか。

①の/の　②が/が　③と/と　④は/は

4. この　はし（　）わたって、それから　200メートルぐらい　歩いて下さい。

①と　②の　③が　④を

5. 本や（　）いろいろな　雑誌も　うって　いました。

①では　②でも　③には　④にも

6. フランス語は（　）上手では　ありませんが、少し　話すことができます。

①はっきり　②あまり　③なにか　④どちらも

7. 島崎さんの　撮った　写真を　（　）いいですか。

①見ては　②見ても　③見たくて　④見たがって

8. 廊下の　電気は　もう（　）か。

①消します　②消しています　③消しましたか　④消しません

9. まだ　早いだろうか、工場には　ひとりも（　）。

①来ました　②来たり　します

③来ていません　④来ていました

10. ちょっと　高いですね。もう　すこし（　）ください。

①安く　なり　　　　　　②安く　なって

③安く　して　　　　　　④安く　し

11. A.「高木さんは　もう　来ないでしょう。」

B.「もう　少し（　　）いいですよ。」

①待ったほうが　　　　　②待つので

③待っていた　　　　　　④待ちながら

12. 窓は　開けて　ありますが、ドアは（　　）。

①開けて　しまいません　　②開けて　ありません

③開いて　しまいません　　④開いて　ありません

13. A「吉村さんは　どんな　スポーツを　しますか。」

B「（　　）。」

①ええ、スポーツを　して　いますね

②スポーツは　とても　おもしろいですよ

③わたしは　なにも　して　いません

④そう、どんな　スポーツを　します

14. 工藤先生の　授業は（　　）よ。来年は　もう　出ない。

①おもしろかった　　　　②おもしろいのだった

③おもしろくなかった　　④おもしろくないだろう

15. A「もう　いっぱい　飲みませんか。」

B「（　　）。もう　たくさん　飲みましたから。」

①けっこうです　　　　　②はい

③でも　　　　　　　　　④しかし

16. よく（　　）、答えて。

①考えたのに　　　　　　②考えていても

③考えてから　　　　　　④考える

もんだい2 ＿★＿に　入る　ものは　どれですか。①、②、③、④から　いちばん　いいものを　一つ　えらんでください。

17. A「どうでしたか。先週の　社員旅行は？」

B「そうね。＿＿　＿＿　＿★＿　＿＿よ。」

①けれど　②たのしかった

③つかれた　④ちょっと

18. かばんが＿＿　＿＿　＿★＿　＿＿なりました。

①おもかった　②手が　③いたく　④から

19. その　駅で＿＿　＿＿　＿★＿　＿＿乗り換えます。

①バスに　②ほかの　③そこから　④降りて

20. A「田中さんは　何日　休みますか。」

B「彼は＿＿　＿＿　＿★＿　＿＿います。」

①五日間　②と　③言って　④休みたい

21. 居間＿＿　＿＿　＿★＿　＿＿、暑い。

①には　②いて　③おおぜい　④人が

もんだい3 [22]から[26]に　何を　入れますか。①、②、③、④から　いちばん　いい　ものを　一つ　えらんでください。

私は　冬休み、姉と　日本へ　行きました。日本で[22]。海外旅行は　はじめてでしたが、とても[23]。雪を　見た　あとで、おんせんに　入りました。おんせんが　好きですから　夜も　ご飯を[24]まえに、入りました。

おんせんで　雪を[25]ながら、姉と　いろいろ　話しました。とても[26]旅行でした。

日檢N5合格，文法、句型一本搞定

22

①旅行を　しながら　おんせんに　入りました。

②おんせんの　中で　食事を　しました。

③雪を　見たり　おんせんに　入ったり　しました

④おんせんに　入ったとき、食事を　しました。

23

①楽しいです　②楽しかったです

③楽しいでした　④楽しかったでした。

24

①食べる　②食べて　③食べた　④食べ

25

①見る　②見て　③見た　④見

26

①よくて　②よかつた　③いい　④いいの

## 正解（第4回）

1.③　2.①　3.③　4.④　5.①　6.②　7.②　8.③　9.③　10.③
11.①　12.②　13.③　14.③　15.①　16.③
17.②①④★③　18.①④②★③　19.④③②★①　20.①④②★③　21.①④③★②
22.③　23.②　24.①　25.④　26.③

# 第5回

## もんだい1 （　　　）に　何を　入れますか。①、②、③、④から　いちばん　いい　ものを　一つ　えらんで　ください。

1. 10年まえ、ふね（　　）、一度　インドへ　行きました。

①に　②で　③へ　④と

2. やすみの　日（　　）、先輩と　テニスを　します。

①に　②を　③の　④で

3. この　りょうりは　まめ（　　）作ります。

①に　②を　③が　④で

4. となり（　　）高い　ビルが　できて、家は　暗く　なりました。

①が　②に　③と　④を

5. 私は　コーヒーの（　　）が　お茶より　好きです。

①こと　②もの　③ほう　④の

6. 客「すみません、（　　）。」

店員「はい、分かりました。……ラーメンを　どうぞ。」

①ラーメンを　食べて　下たい

②ラーメンを　もらいなたい

③ラーメンを　下さい

④ラーメンを　あげて　下さい

7. A「今度の　試験に（　　）かかりましたか。」

B「1時間ぐらい　かかりました。」

①どちらぐらい　②どれぐらい

③どれも　④どちらも

8. A「横山さんは　パーティーに　来ますか。」

B「そうですね。来るか　来ないか（　　）。」

①わかります　　　　　　　②わかりません

③知っています　　　　　　④知っていません

9. A「そちらは　きょうも　暑いですか。」

B「いいえ、（　　）。」

①わかりません　　　　　　②そうでは　ありません

③暑くありません　　　　　④きようしか　暑くないです

10. A「試合は　はじまりましたか。」

B「（　　）。これからです。」

①はい、もうです　　　　　②はい、まだです

③いいえ、まだです　　　　④いいえ、もうです

11. A「何人　来ましたか。」

B「雪が　たくさん　降っていたから、一人しか（　　）。」

①来ないでした　　　　　　②来ないで下さい

③来なくて下さい　　　　　④来ませんでした

12. A「すみませんが、そこの　ビールを　1本　取って　下さい。」

B「ビールですね。（　　）。」

①はい、取って下さい　　　②はい、どうぞ

③はい、ちがいます　　　　④はい、取りなさい

13. きょうは　天気が　よくて、（　　）人が　出かけて　いる。

①多いの　　②多くの　　③多い　　④多かった

14. 学生「飲み物は　私は　紅茶に　しますが、先生は（　　）。」

先生「私も　紅茶に　しましょう。」

①なにが　欲しく　ないですか

②なにが　よろしく　ないですか

③なにが　ほしいですか

④なにが　よろしいですか

15. 社長は　アメリカ（　　）中国（　　）、会社の　物を売って　いま

す。

①よりも/よりも　②でも/でも

③からも/からも　④だけも/だけも

16. A「ここで　たばこを　吸っては　いけないよ。すぐ（　　）。」

B「はい、分かります。すみません。」

①たばこを　消しなさい　②たばこを　消していない

③たばこが　消えました　④たばこが　消えていますか



## もんだい2 ＿★＿に　入る　ものは　どれですか。①、②、③、④から　いちばん　いいものを　一つ　えらんで　ください。

17. さらは＿＿　＿＿　＿★＿　＿＿よ。

①あります　②テーブルの

③だいどころの　④うえに

18. うち＿＿　＿＿　＿★＿　＿＿会社へ　行きます。

①から　②せんたくを

③して　④で

19. へんな＿＿　＿＿　＿★＿　＿＿。

①すんでいます　②人が

③となりの　④いえに

20. もしもし、＿＿　＿＿　＿★＿　＿＿いますか。

①いしいです　②は

③なかのさん　④が

21. 電車＿＿　＿＿　＿★＿　＿＿乗って　いますね。

①が　②大勢　③でも　④来ましたよ

もんだい3 [22] から [26] に　何を　入れますか。①、②、③、④から　いちばん　いい　ものを　一つ　えらんで　ください。

田中好子と　山本敬子が　インターネットで　知り合いました。下の文は　二人の　Eメールです。

けさ　好子さんから　メールを [22] うれしかったです。どうも　ありがとう　ございます。

好子さんの　かおを　見たいです。失礼ですが、しゃしんを [23]

山本敬子

メールを　どうも　ありがとう　ございます。

わたしの　しゃしんを　送ります。元気な [24] 、すみませんね

お仕事は　どうですか。忙しいですか。わたしは　大学で　勉強を　しながら、アルバイトを　して　ます。疲れます [25] たのしいです。

[26] 会いましょうか。そして、どこかで　食事を　しませんか。敬子の　メールを　待って　います。

[22]

①もらって　②あげで　③やって　④くれて

[23]

①して　下さいませんか　②送って　下さいませんか

③あげませんか　④送りましょう

[24]

①かおですね　②かおですけど

③かおでは　ありませんか　④かおでは　ありませんけど

[25]

①が　②から　③のか　④ので

26

①いつ　②いつか　③いつまで　④いつまでに

## 正解（第5回）

1.②　2.①　3.④　4.②　5.③　6.③　7.②　8.②　9.③　10.③

11.④　12.②　13.②　14.④　15.②　16.①

17.③②★④①　18.④②★③①　19.②③★④①　20.①④★③②　21.①④★③②

22.①　23.②　24.④　25.①　26.②

# 第6回

## もんだい1 （　　　）に　何を　入れますか。①、②、③、④から　いちばん　いい　ものを　一つ　えらんで　ください。

1. すいようび（　　）がっこうは　おやすみです。

①で　②に　③から　④へ

2. ばんごはんは　パン（　　）つめたい　おちゃを　いただきます。

①や　②が　③の　④も

3. これは　おかあさん（　　）つしくった　ふくです。

①に　②の　③は　④ゅ

4. じしょ（　　）いろいろな　たんごの　いみを　しらべます。

①に　②な　③で　④から

5. コーヒー（　　）ジュースを　のみますか。

①か　②が　③と　④に

6. いっしょに　デパートに　かいものに（　　）。

①いきでしょう　②いくに　なります

③いきますわ　④いきましょう

7. ほんだなには　ほんが　きれいに　ならんで（　　）。

①います　②ありました　③あります　④いています

8. こどもが　ねていますから、（　　）して　ください。

①げんきに　②たいせつに　③にぎやかに　④しずかに

9. れいぞうこを　ながい　じかん（　　）ください。

①しめて　②しめないで

③あけておいて　④あけないで

10. すずきさんは　いつも　なんまんえんも（　　）。

①もっています　②もちます

③もちません　　　　　　　④もっていません

11. いまから　いえに　かえって　すぐに（　　）。

①りょうりを　して　います　②りょうりを　して　いました

③りょうりを　します　　　④りょうりです

12. かいしゃに（　　）とき、じむしょに　だれも　いませんでした。

①ついて　　②ついた　　③つく　　④つかない

13. かばんに　かさが（　　）。

①あって　います　　　②もって　います

③はいって　います　　④して　います

14. きょう　かぜを（　　）かいしゃを　やすみました。

①ひいて　　②ひいたり　　③ひいたが　　④ひぃた

15. この　ことを　だれから（　　）。

①はなしますか　　②はなしましたか

③ききましたか　　④ききませんか

16. A「これと　それを（　　）。ぜんぶで　いくらに　なりますか。」

B「ありがとう　ございます。ぜんぶで　6せんえんです。」

①かいました　　②かいませんか

③かいたくないです　　④かいたいです

## もんだい2 ＿★＿に　入る　ものは　どれですか。①、②、③、④から　いちばん　いいものを　一つ　えらんで　ください。

17.月曜日＿＿　＿＿　＿★＿　＿＿か。

①です　　②やすむ　人　③は　　④だれ

18.かずおさんは　へやで＿＿　＿＿　＿★＿　＿＿して　います。

①の　　②れんしゅう　③を　　④ギター

19.ストーブが＿＿　＿＿　＿★＿　＿＿。

①へやは　②つけて　ある

③あたたかい　④から

20.あの＿＿＿　＿＿＿　＿★＿　＿＿＿ですね。

①は　②ねこ　③かわいい　④ほんとうに

21.きのう＿＿＿　＿＿＿　＿★＿　＿＿＿を　見せました

①私の　②ともだち　③写真　④に

もんだい3 [22] から [26] に　何を　入れますか。①、②、③、④から　いちばん　いい　ものを　一つ　えらんで　ください。

休みの　日は　いつも　会社の　寮で [22] 。でも、先週の　日曜日は　親友に [23] 。寮から　親友の　家まで　遠くて、電車で [24] かかりました。 [25] 喫茶店で、親友と　いろいろ　話して、 [26] 。

[22]

①まんがや　雑誌などを　読みます

②まんがや　雑誌などを　読みました

③まんがと　雑誌などを　読みます

④まんがと　雑誌な　読みました

[23]

①会うに　来ました　②会いに　来ました

③会いに　出掛けました　④会うに　出掛けました

[24]

①2時間だけ　②2時ごろ

③2時間ぐらい　④2時に

[25]

①では　②くかし　③それから　④そして

26

①ゆっくり過ぎます　②ゆっくり過ぎました

③ゆっくり過ごします　④ゆっくり過ごしました

## ㊣㊫（第6回）

1.③　2.①　3.②　4.③　5.①　6.④　7.①　8.④　9.④　10.①
11.③　12.②　13.③　14.①　15.③　16.④
17.②③★④①　18.④①★②③　19.②④★①③　20.②①★④③　21.②④★①③
22.①　23.③　24.③　25.③　26.④

# 第7回

## もんだい1 （　　　）に　何を　入れますか。①、②、③、④から　いちばん　いい　ものを　一つ　えらんで　ください。

1. スポーツは　体（　　）　いい。

①が　②は　③に　④で

2. あの　信号（　　）左へ　曲がって　下さい。

①で　②を　③へ　④に

3. 横浜（　　）住んで　います。

①で　②に　③へ　④を

4. 高校（　　）出てから、会社で　働きます。

①から　②へ　③を　④に

5. 日本は　山（　　）　多い。

①は　②が　③を　④や

6. A「お酒は　いかがですか。」

B「（　　）。」

①ごちそうさま　②おかけさまで

③いただきます　④こちらこそ

7. A「あしたは　試験です。」

B「（　　）。」

①じゃ、また　あした　②疲れましたね

③頑張って　下さい　④よく　出来ますね

8. A「来週　結婚します。」

B「（　　）。」

①ありがとう　ございます　②よろしく　お願いします

③どうぞ　よろしく　④おめでとう　ございます

9. 頭が（　　）、勉強します。

①痛かったら　②痛くても
③痛い　④痛くない

10. 昼ごはんを（　　）、すぐ　出かけます。

①食べた　とき　②食べたら
③食べます　④食べたかったら

11. A「あまり　食べませんね。」
B「（　　）ダイエットを　している。」

①実は　②ほんとうに　③もちろん　④しかし

12. A「熱が　ありますから　早く　帰ります。」
B「そうですか。（　　）。」

①お大事に　②おかけさまで
③お帰りなさい　④疲れますね

13. A「はじめから　あの　仕事を　やりたかったんですか。」
B「いいえ、はじめは　あの　仕事を（　　）んですよ。」

①やって　いた　②やって　いなかった
③やりたく　なかった　④やりたかった

14. ともだちが（　　）、こまって　います。

①いないが　②いたいか　③いなくて　④いないで

15. 辞書を（　　）、英語の　しんぶんを　よみます。

①引くけど　②引いたので　③引きながら　④引いたか

16. A「宿題は　全部　できましたが。」
B「ううん　まだ（　　）。これから　やる。」

①やらない　②やって　いない
③やったのではない　④やるのではない

## もんだい2 ＿★＿に　入る　ものは　どれですか。①、②、③、④から　いちばん　いいものを　一つ　えらんで　ください。

11. みんなで　ビールを＿＿＿　＿＿＿　＿★＿　＿＿＿。

①とき　②飲む　③と言います　④乾杯

18. ＿＿＿　＿＿＿　＿★＿　＿＿＿。

①で　②なりません　③現金　④払わなければ

19. 駅へ＿＿＿　＿＿＿　＿★＿　＿＿＿行った。

①を　②迎え　③おばさん　④に

20. いつも＿＿＿　＿＿＿　＿★＿　＿＿＿あびます。

①を　②ジョギング　③のあと　④シャワー

21. 部長＿＿＿　＿＿＿　＿★＿　＿＿＿を　渡して　ください。

①あった　②とき　③に　④これ

## もんだい3 [22] から [26] に　何を　入れますか。①、②、③、④から　いちばん　いい　ものを　一つ　えらんで　ください。

A「家から　学校まで [22] 。」

B「2時間ぐらい　かかります。」

A「 [23] 。 [24] 学校へ　行きますか。」

B「地下鉄に　乗ります。 [25] 、バスに　乗ります。」

A「バスにも　乗りますか。 [26] 。」

[22]

①いくつぐらい　かかりますか。

②いくつぐらい　かかりましたか。

③どのぐらい　かかりますか。

④どのぐらい　かかりましたか。

23

①そうでしょう　　②そうだろう

③そうですか　　④そうです

24

①なにで　②なんで　③いくら　④いつ

25

①では　②でも　③まだ　④それから

26

①いいですね　　②よいでしたね

③大変ですね　　④大変でしたね



## 正解（第7回）

1.③　2.②　3.②　4.③　5.②　6.③　7.③　8.④　9.②　10.②

11.①　12.①　13.③　14.③　15.③　16.②

17.②①④★③　18.③①④★②　19.③①②★④　20.②③④★①　21.③①②★④

22.③　23.③　24.②　25.④　26.③

# 第8回

## もんだい1 （　　　）に　何を　入れますか。①、②、③、④から　いちばん　いい　ものを　一つ　えらんで　ください。

1. 毎朝　公園（　　）　散歩します。

①へ　　②に　　③を　　④は

2. テパートへ　プレゼントを　買い（　　）行った。

①で　　②に　　③へ　　④を

3. 弟が　べんごし（　　）　なりました。

①を　　②が　　③は　　④に

4. 箱の　中に　何（　　）　ありません。

①が　　②は　　③を　　④も

5. 果物（　　）　りんごが　いちばん　好きです。

①で　　②が　　③に　　④は

6. 東京に　美術館が　（　　）　ありますか。

①いくら　　②いくつ　　③どれ　　④なに

7. A「天気は　どうでしたか。」

B「（　　）。」

①よく　なかった　　②よく　ない

③暑いでした　　④暑く　なかったでした

8. もう　新聞を　読みましたか。

①いいえ、まだです　　②いいえ、まだでした

③はい、読みませんでした　　④はい、読みません

9. A「みなさんは　自分の　かいた　絵を　出しました。やあ、どれも（　　）ね。」

B「そうですね。みな　いい　ものですね。」

①よくて　できます　　②よくて　できて　います

③よく　できます　　④よく　できて　います

10. A「数学の　授業は　難しい　ですか。」

B「（　　）。難しいですが、おもしろいです。」

①そうでしょうか　　②そうですか

③そうですね　　④そうでした

11. （　　）、もう　すこし　大きい　声で　言って　下さい。

①すみませんから　　②すみませんが

③たいへんですが　　④たいへんですから

12. アメリカに　来る　前に、国で　英語を　習った（　　）。

①という　ものです　　②という　ところです

③ことが　できます　　④ことが　あります

13. 今、冬休みですから、学校（　　）は　しずかです。

①ちゅう　②じゅう　③なか　④うち

14. A「この　時刻表を　（　　）。」

B「はい、どうぞ。」

①もらいましょうか　　②もらいました

③もらっても　いいですか　　④もらいません

15. A「登山の　あとは、少し（　　）よ。」

B「はい、これから　そう　します。」

①休んだ　ことが　ある　　②休む　ことが　ある

③休んだ　ほうが　いい　　④休んで　いる　ほうが　いい

16. A「毎日　来なければ　なりませんか。」

B「（　　）。」

①はい、毎日　来なくても　いいです

②はい、毎日　来ないで　下さい

③いいえ、毎日　来なくても　いいです

④いいえ、毎日　来ないで　下さい。

もんだい２　＿★＿に　入る　ものは　どれですか。①、②、③、④から　いちばん　いいものを　一つ　えらんで　ください。

17. この＿＿＿　＿＿＿　＿★＿　＿＿＿、のまないで　ください。

①きたない　②おちゃ　③ですから　④は

18. ひま＿＿＿　＿＿＿　＿★＿　＿＿＿あまり　見ません。

①は　②が　③テレビ　④ないから

19. ごご、だれ＿＿＿　＿＿＿　＿★＿　＿＿＿でした。

①わたしの　②ところに　③来ません　④も

20. 9時＿＿＿　＿＿＿　＿★＿　＿＿＿を　始めます。

①テスト　②に　③それでは　④なりました。

21. トイレですか。エレベーターの＿＿＿　＿＿＿　＿★＿　＿＿＿。

①いって　下さい　②まっすぐ

③廊下を　④となりの

もんだい３　[22]から[26]に　何を　入れますか。①、②、③、④から　いちばん　いい　ものを　一つ　えらんで　ください。

A「ばんご飯は[22]。」

B「あ、もう　こんな　時間ですね。いっしょに[23]。」

A「いつも　ラーメン屋ですね。今日は　公園の　後ろのレストランへ　行きましょう。」

B「公園までは[24]時間が　かかりますね。近くの食堂は[25]。」

A「そうですね、[26]。」

22

①もう　食べますか　②もう　食べましたか

③まだ　食べますか　④まだ　食べましたか

23

①ラーメン屋へ　来ましたか

②ラーメン屋へ　来ませんか

③ラーメン屋へ　行きましたか

④ラーメン屋へ　行きませんか

24

①ほとんど　②ぜんぜん　③ちょっと　④あまり

25

①どうでしたか　②どうですか

③どうしますか　④そう　しましたか

26

①じゃ、そう　します　②じゃ、そう　しませんか

③じゃ、そう　しません　④じゃ、そう　しましょう

## 正解（第8回）

1.③　2.②　3.④　4.④　5.①　6.②　7.①　8.①　9.④　10.③
11.②　12.④　13.②　14.③　15.③　16.③
17.②④①★③　18.②④③★①　19.④①②★③　20.②④③★①　21.④③②★①
22.②　23.④　24.③　25.②　26.④

# 第9回

もんだい1（　　　）に　何を　入れますか。①、②、③、④.から　いちばん　いい　ものを　一つ　えらんで　ください。

1. 日本人は　よく　働く（　　）　思います。

①は　②が　③を　④と

2. 野球の　試合（　　）出ます。

①で　②が　③を　④へ

3. 窓から　山（　　）　見えます。

①を　②が　③に　④へ

4. この　荷物は　船便（　　）　いくらですか。

①を　②へ　③で　④に

5. 忙しい（　　）、どこへも　行きません。

①ても　②ほど　③まで　④から

6. 大使館まで（　　）やって　行きますか。

①どんな　②どう　③どの　④どちら

7. これは　私の　本です。（　　）ありますよ。

①なまえが　かいて　②なまえで　かいて

③なまえが　かいて　いて　④なまえで　かいていて

8. A「いっしょに　食事を　しませんか。」

B「いいえ、食事は（　　）。私は　食べて　来たから。」

①よくない　②いい

③おいしくない　④おいしい

9. A「デパートで　買い物を　してから（　　）。」

B「まっすぐ　帰った。」

①どうなりましたか　②どう　しましたか

③どうでしたか　　　　　　　④どうだったのですか

10. A「これは　ご家族の　写真ですね。どなたが　ねえさんですか。」
B「ぼうしを（　　）人が　姉です。」
①かぶった　　　　　　　②かぶって　いた
③かぶる　　　　　　　　④かぶりたい

11. 母（　　）、父が　掃除を　している。
①には　なく　　　　　　②には　ないで
③では　なく　　　　　　④では　ないで

12. A「あまり　元気では　ないので、今日は（　　）。」
B「じゃ、ゆっくり　休んで　ください。」
①休みです　　　　　　　②休みでした
③休みたいと　思います　　④休みたいと　思いました

13. A「いま、お兄さんの　ほしい　ものは　なんですか。」
B「兄は　いま（　　）。」
①いい　仕事を　したいです
②いい　仕事が　ほしいです
③仕事が　ほしいと　言いました
④仕事を　したいと　言います

14. A「明日か　あさって　来て。」
B「それでは（　　）。」
①明日に　しましょう　　②明日かに　します
③明日に　なって　います

15. 駅の　入り口に　（　　）店で　弁当を　かって、食べた。
①あった　　②あったの　　③ある　　④あるの

16. 窓を　全部　開けて、教室を　涼しく（　　）。
①いました　　②しました　　③なりました　④できました

## もんだい2 ＿★＿に　入る　ものは　どれですか。①、②、③、④から　いちばん　いいものを　一つ　えらんで　ください。

17. 私は　大学を＿＿＿　＿＿＿　＿★＿　＿＿＿。

①はじめました　②でてから

③しごとを　④すぐ

18. それじゃ、＿＿＿　＿＿＿　＿★＿　＿＿＿いれましょう。

①コーヒー　②が　③は　④わたし

19. 彼は　みせ＿＿＿　＿＿＿　＿★＿　＿＿＿よ。

①いつつ　②を　③いる　④もって

20. あの　人は　韓国に＿＿＿　＿＿＿　＿★＿　＿＿＿少し　わかるでしょう。

①韓国語が　②いた　③5 年間　④から

21. あの　建物＿＿＿　＿＿＿　＿★＿　＿＿＿たかいです。

①が　②は　③りっぱです　④とても

## もんだい3 [22] から [26] に　何を　入れますか。①、②、③、④から　いちばん　いい　ものを　一つ　えらんで　ください。

私は　昨日　兄と　日本へ [22] 行きました。アリさん [23] いっしょに　行きました。

帰る　とき、空港で　チェックイン [24] 兄と [25] 。お土産や　お酒などを　買いました。荷物が　とても [26] から、大変でした。

[22]

①遊びへ　②遊びで　③旅行へ　④旅行に

綜合問題（模擬考）

23

①に　　②は　　③も　　④で

24

①するから　　②してから　　③しないから　　④しなかったから

25

①買物します　　②買物しました

③買物して　　④買物して　います。

26

①重いです　　②重いでした

③重かったです　　④重かったでした

## 正解（第9回）

1.④　2.②　3.②　4.③　5.④　6.②　7.①　8.②　9.②　10.①

11.③　12.③　13.③　14.①　15.③　16.②

17.②④★③①　18.①③★④②　19.②①★④③　20.③②★④①　21.②③★①④

22.④　23.③　24.②　25.②　26.③

# 第10回

## もんだい1　（　　　）に　何を　入れますか。①、②、③、④.から　いちばん　いい　ものを　一つ　えらんで　ください。

1. 何（　　）　おもしろい　話は　ありますか。

①が　②か　③は　④から

2. 彼女は　歌（　　）上手です。そして　顔（　　）きれいです。

①と／と　②に／に　③を／を　④が／が

3. 家は　静かです（　　）、駅から　遠いです。

①が　②から　③でも　④ので

4. 一年（　　）冬が　一番　きらいです。

①に　②で　③が　④から

5. 渡辺さんへの　電話は　わたし（　　）かけましょう。

①が　②は　③で　④に

6. たいせつな　ものですから、（　　）ください。

①なくなって　②なくして

③なくさいで　④なくならないで

7. まどを　しめたり（　　）しないで　下さい。

①あくて　②あいたり　③あけて　④あけたり

8. あの　博物館は（　　）きれいです。

①おおきくて　②おおき　③おおきいの　④おおきいので

9. 兄は　銀行で（　　）。

①はたらくです　②はたらいたです

③はたらいています　④はたらきでした

10. これは　もっと（　　）。

①やすいです　②やすくないです

③やすいでした　　　　　　　　④やすいだ

11. A「書類は（　　）　送りますか。」

B「石川さんが　送ります。」

①どの　さんが　　　　　　　②だれが

③どんな　人が　　　　　　　④どう　いう　人が

12.「この　道を　まっすぐ　行って　下さい。橋を　渡ると　右側に　郵便局が（　　）。」

①見ます　　②見せます　　③見えました　④見えます

13. A「日本語で　話して　下さい。」

B「すみません。（　　）。」

①日本語が　じょうずですよ　②日本語が　へたですね

③日本語が　できません　　　④日本語しか　できません

14. A「うちで　ゆっくり　遊んで（　　）。」

B「どうも　ありがとう。でも、今日は　帰りたいです。」

①来て　下さい　　　　　　　②行って　下さい

③行って　いましょう　　　　④来て　いましょう

15. A「ここに　バイクを（　　）。」

B「いいえ、とめないで　下さい。」

①とめては　いけません

②とめては　いけませんね

③とめても　いいですか

④とめても　いいですよ

16. A「もう　遅いですから　寝ましょう。」

B「ええ。じゃ、（　　）。」

①おかえりなさい　　　　　　②ごめん下さい

③おやすみなさい　　　　　　④すみませんでした

もんだい2 ＿★＿に 入る ものは どれですか。①、②、③、④から いちばん いいものを 一つ えらんでください。

17. 家を 出る＿＿＿ ＿＿＿ ＿★＿ ＿＿＿ください。

①電気の ②ときは ③スイッチ ④切って

18. わたしは＿＿＿ ＿＿＿ ＿★＿ ＿＿＿かいました。

①パンを ②お金で ③ちちから ④もらった

19. 今日は＿＿＿ ＿＿＿ ＿★＿ ＿＿＿やりました。

①いろいろな ②勉強の ③家事を ④ほかに

20. その 箱の＿＿＿ ＿＿＿ ＿★＿ ＿＿＿思いますか。

①と ②なかの ③ものは ④なんだ

21. 住む＿＿＿ ＿＿＿ ＿★＿ ＿＿＿まだ いる。

①なく ②人が ③困っている ④ところも

もんだい3 [22] から [26] に 何を 入れますか。①、②、③、④から いちばん いい ものを 一つ えらんでください。

A「今度の 土曜日、いっしょに 日光へ 行きませんか。あそこの 風景は [22]。」

B「いいね、[23]、道は 分からないが…」

A「それは 大丈夫です。[24]。」

B「じゃ、安心した。あのう、昼ご飯は どう する？」

A「[25]、わたしは [26] 喫茶店を 知っていますよ。」

B「そうか、それは いいね。では、よろしくね。」

[22]

①きれいで 有名ですね ②きれいで 有名ですよ

③きれいで　有名でしょう　　④きれいで　有名でよね

23

①では　②でも　③そして　④じゃ

24

①いっしょに　行きません　②いっしょに　行きませんから

③いっしょに　行きましょう　④いっしょに　行きますから

25

①そうですわ　②そうですよ　③そうですね　④そうですが

26

①安くで　いい　②安くて　いい

③安くて　よく　④安くて　いいな

## 正解（第10回）

1.②　2.④　3.①　4.②　5.①　6.③　7.④　8.①　9.③　10.①

11.②　12.④　13.③　14.②　15.③　16.③

17.②①③★④　18.③④②★①　19.②④①★③　20.②③④★①　21.④①③★②

22.②　23.②　24.④　25.③　26.②

國家圖書館出版品預行編目資料

日檢N5合格，文法、句型一本搞定／潘東正著.--四版--.--臺北市：書泉,2016.05
面； 公分
ISBN 978-986-451-059-7（平裝）

1.日語 2.語法 3.能力測驗

803.189 105003756

3AZP 日文檢定系列

# 日檢N5合格
## 文法、句型一本搞定
（原書名：新日檢N5文法、句型一本搞定）

作　　者／潘東正（364.1）
校　　正／潮田耕一
錄　　音／佐伯真代
發 行 人／楊榮川
總 經 理／楊士清
副總編輯／黃惠娟
責任編輯／蔡佳伶
封面設計／黃聖文
出 版 者／書泉出版社
地　　址：106台北市大安區和平東路二段339號4樓
電　　話：(02)2705-5066　　傳　　真：(02)2706-6100
網　　址：http://www.wunan.com.tw
電子郵件：shuchuan@shuchuan.com.tw
劃撥帳號：01303853
戶　　名：書泉出版社

總 經 銷：貿騰發賣股份有限公司
地　　址：23586新北市中和區中正路880號14樓
電　　話：886-2-8227-5988　　傳真：886-2-82275989
網　　址：http://www.namode.com

法律顧問　林勝安律師事務所　林勝安律師

出版日期／2009年7月二版一刷
2011年4月三版一刷
2013年7月三版三刷
2016年5月四版一刷
2018年3月四版二刷

定　　價／新臺幣320元

書泉出版社

書泉出版社

書泉出版社